献给世界上所有的男孩和女孩，愿他们能够创造一个更好的世界。

[西] 贝戈纳·伊巴洛拉

致艾里亚斯和萨贝拉，他们时刻给予我创作的灵感。

[西] 布兰卡·米兰

孩子，
妈妈懂你的情绪
伤心怎么办

[西] 贝戈纳·伊巴洛拉 著

[西] 布兰卡·米兰 绘

隋紫苑 译

古吴轩出版社

前言

人们常常在某种愿望、梦想、希望或期待没有实现的时候，产生焦虑、烦躁、痛苦、愤怒甚至抑郁等负面情绪。

父母应该引导儿童学会以健康的方式应对这些感受，帮助孩子保持情绪上的平衡。

一个人在孩童时期，经常会产生挫败感。因为孩子们总是希望立刻得到所有想要的东西，所以当他们的要求不能被满足时，常常以哭闹应对。

虽然我们无法避免他们因负面情绪感到伤心、受挫，但是我们可以指导他们如何面对挫败感，从而提升他们的忍耐度。

对负面情绪忍耐度低，或者不知道如何面对挫败感的孩子，通常很难控制自己的情绪。他们会有焦虑或抑郁的倾向，也比其他孩子更容易冲动和不耐烦。他们需要自己的要求立刻被满足，如果不能，就会无理取闹、行为冲动。他们不接受商量或等待，也很难理解为什么自己得不到想要的东西。

教孩子学会管理各种负面情绪，可以帮助他们积极地面对生活中的各种挑战，更好地战胜各种困难，从而增强他们的自尊心和抗压性，使他们可以健康且积极地应对各种情绪。

目录

亲子共读:
莉拉和风

在世界上的许多地方，都有像莉拉这样的小女孩。她们很少露出笑容，常常眉头紧锁。

莉拉一早起床，就开始生气，因为她好想接着睡觉啊！

到学校后，莉拉还是很生气，因为她想到旁边的公园里玩耍。

放学的时候，莉拉仍在生气，因为课堂上太有意思了，她不愿离开。

到了公园里，如果她不能马上玩滑梯，或者爷爷把秋千推得太高，她都会生气。

晚上睡觉时，她还会生气，因为她想多看一会儿爱看的动画片。

吃饭的时候，如果今天吃蔬菜，她会吵着要吃通心粉；而如果今天吃通心粉，她又会抱怨不喜欢酱汁里的番茄，所以总是吃得很不开心。

爸爸送她上学的时候，她想要妈妈送；而妈妈送她的时候，她又嫌妈妈走得太快，她都来不及欣赏商店的橱窗了。

但是，莉拉到底怎么了？没有人知道答案，只有风知道。因为有一天下午，在安静的公园里，风听到了莉拉的叫喊。

那天下午，不知道为什么，风也很生气，它十分用力地刮着，从门窗的缝隙里呼呼地钻过。

莉拉害怕极了，她怕风会把她带走。因为她听爷爷说过，风喜欢伤心或生气的孩子。有时候，如果风找到了一个伤心的孩子，它会在他的耳后挠痒痒，或者吹动他的头发，逗他开心。也有时候，如果风遇到了一个生气的孩子，它会把他吹上天，让他在云间冒险，在天空中换个角度观察自己所生活的地方，然后再带他回来。

所以，那天下午，当风刮得越来越用力的时候，莉拉使出全身力气对它吼道：

"赶快离开这里，愚蠢的风！"

让她吃惊的是，风竟然回应了：

"你才应该离开，你这个生气的孩子！"

莉拉生气极了，更大声地喊着：

"我家就在附近，我为什么要走？我讨厌你！"

然而，风却在她耳边悄声地说：

"我的家无处不在。生气的孩子，虽然你讨厌我，而我……很喜欢你。"

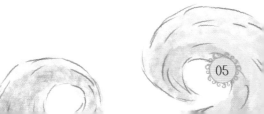

莉拉被风的回答惊得愣住了！接着，意想不到的事情发生了：一阵和煦的微风吹过莉拉的耳后，她的头发随即飘了起来，好似海浪。

莉拉很久都没有笑过了，可是这次她情不自禁地笑了出来，笑声响彻公园。

"哈哈哈……风呀，你快停下！不要再挠我痒痒了！"她笑着说。

"你告诉我一件我想知道的事情，我就停下。"

"什么事情？"她问。

"为什么你总是那么生气呢？"

莉拉突然变得很严肃，低下头，用颤抖的声音回答道：

"因为没有人愿意做我的朋友，我总是孤单一人。"

那一刻，风拥抱住她，对她说：

"如果你愿意，我可以成为你的朋友，我会永远和你在一起。当你看到树叶摆动的时候，我就在那里；当落叶离开地面随风飞翔的时候，我就在那里；当你看到晾晒的衣服飘动的时候，我就在那里。你要知道，我一直都在你的身边。"

莉拉想了一会，问它：

"有时你刮得很用力，把我的帽子和雨伞都吹掉了，是因为你生气了吗？"

"不总是，不过有时候，我的力气大到连自己都害怕。"

"那当你轻轻吹的时候，是因为你很快乐吗？"

"可能是吧……有时候是因为我很孤单，需要陪伴。"

"那为什么有时候不刮风了呢？"

"有时候是因为我累了或者睡着了，也有时候是因为我要保持安静，以便可以认真地聆听。"

"聆听什么？"

"好多东西呢……鸟儿的歌唱、车辆的轰鸣、音乐、虫鸣，以及某个愤怒的孩子的叫喊，或是另一个伤心孩子的哭泣。"

"你会对愤怒的小孩做什么？我爷爷说你会把他们带走……"

风笑了起来。

"不会的。"风说，"我只会挠他们的痒痒，吹动他们的头发，让他们感到我在身边，这样他们的愤怒就消失了。"

突然，莉拉沉默了。她听见一个熟悉的声音：一个女孩的哭泣声。她靠近那个女孩，问道：

"你怎么了？为什么哭？"

"没有人愿意跟我玩……"女孩边抽泣边回答。

"你想跟我一起玩吗？我也没有朋友……"

女孩用伤心的大眼睛看着莉拉，问她：

"你叫什么名字？"

"我叫莉拉。你呢？"

"我叫萨拉。咱们玩什么？"

"我可以把我的朋友风叫来，请它用力吹，把咱们两个都卷起来飞上天。"

于是，风就吹啊，吹啊，女孩们兴奋的笑声充满了公园的每一个角落。

从那以后，莉拉几乎每天早上起床的时候，都很快乐。自从她不再眉头紧锁，绽放笑容之后，她在班上也有了很多朋友。

她不再在意谁送她去学校，以及中午吃什么了，因为她明白，尽管她有很多想要的东西，但是她常常无法选择，只能接受现实。

她喜欢艳阳高照的天气，可是她知道，她没办法把云朵赶走，也没办法让黑夜消失。

她每天都感到很快乐，因为放学后她可以跟萨拉以及在公园认识的其他孩子一起玩耍。

有时，莉拉跟朋友们玩得忘情，忽略了风的存在。那时，风就会在她的耳后轻轻吹，吹起她的发梢，提醒她，她的朋友风会和她永远在一起。

13

给妈妈的Tips：
如何化解孩子的坏情绪？

🌀 有时候，孩子们似乎什么都不喜欢，对什么都不满意。生活里的一切，都让他们感到不自在和厌烦。他们对任何事情都感到气愤。

🌀 这时我们应当观察他们的行为，判断坏情绪是当下发生的一些具体事件所引起的，还是那是他们对待事物的惯常表现。

🌀 如果是后者，很重要的一点，就是查明他们坏情绪出现的原因，并在家庭成员的相处模式上或在周围的环境上做出改变。

🌀 紧锁的眉头背后，不总是狂怒的情绪，也可能隐藏着悲伤、焦虑，甚至恐惧。在这个故事中，我们可以观察到莉拉的情绪，是如何因长期独处和缺乏朋友的陪伴而转向悲伤的。

🌀 改变态度看起来可能很难，但有时，孩子们需要的仅仅是吐露感受并被大人或朋友所倾听（在这个故事中风便是倾听者）。

🌀 孩子必须明白一点：如果他经常闹情绪，其他人就不会想和他在一起，他就更难交到朋友。如果他转变态度，开始以微笑示人，其他人便会愿意待在他的身边，他也就能够与朋友友好地相处。那么，他才有交到更多朋友的可能性。有时候，孩子们会进入一个恶性循环：他们生气是因为他们孤独，而他们孤独是因为没人喜欢接近一个总是生气的人。我们应该帮助孩子打破这个恶性循环。

🌀 接受无法改变的事情，是孩子们需要学习的重要一课。在一定程度上，幸福的诀窍就在于此。享受阳光，也享受雨水，尽管跟雨天相比，我们更喜欢晴天。

🌀 还有一点也十分重要，孩子们应当明白，有些事情他们必须接受，因为这些事情不是他们能改变的。我们可以制作一份清单，列出那些可以被改变的事情，以及另外那些必须被原样接受的事情。

🌀 作为成年人，我们应该为孩子们找到一些他们可以进行选择的事情，让他们觉得自己是有能力的、被重视的。这些小小的选择，能使他们更好地接受那些不能被改变的东西，同时赋予他们力量，增强他们的自尊心。

🌀 教他们以不同的方法化解自己的坏情绪是十分有用的。比如幽默就是一个很好的方法，懂得使用幽默的孩子，可以化孤僻为亲近友爱。

🌀 在这个故事中，莉拉得到了意料之外的风的回答，她感到非常吃惊。当一个孩子说"我不喜欢你"的时候，他通常以为对方也会回以同样的话。然而，这就是我们需要学习的重要一课；因为有些时候，当一个孩子渴望比平时得到更多的爱时，他对爱的索取方式可能会不那么合适和恰当。在家庭关系和学校关系里，周围人的感同身受的目光，对孩子是非常重要的。

🌀 故事的最后，莉拉开始关注他人，学会倾听。这就是她共情能力产生的开始。共情能力是一个非常重要的情感能力，它帮助莉拉走出了孤独，找到了朋友。

亲子共读：
透明朋友妮瓦

那是四月里的一个下午，春暖花开，草长莺飞，公园里美极了。许多孩子在玩耍，放声欢笑，他们的爸爸妈妈、爷爷奶奶就坐在公园的长椅上，面带笑容地望着他们。可是，布鲁诺的外公却笑不出来，他感到非常担忧，因为只有他的小外孙是自己一个人——布鲁诺围着树木跑来跑去，一个人说话，一个人玩耍。

　　"布鲁诺！"外公喊道，"你为什么不跟其他的小朋友玩呀？"

　　"因为我的朋友妮瓦在这儿呢，妮瓦只喜欢跟我玩。"

　　外公非常不安地从长椅上起身，向布鲁诺走过去，他严肃地说：

　　"你为什么撒谎？我没有看到你的朋友。"

　　"因为她是透明的呀，外公，而且幸好你看不见她。妮瓦可是一只白色的大狮子，她是我的宠物。如果别的小孩看见她，他们一定会吓得大叫着逃跑，我可不想让他们害怕。"

　　布鲁诺的外公摇了摇头，不知道该怎么做。他是应该相信小外孙的话，再问布鲁诺一些关于这个朋友的问题呢，还是应该不把这件事看得太重要，让布鲁诺一个人继续玩？

　　"你告诉你的朋友妮瓦，说我想认识认识她。" 外公决定相信小外孙的故事。

　　"外公，她听见你的话了，她说她以后会让你看见的，不过有一个条件：你可别告诉任何人。因为如果有人知道了她的存在，她就会被带去动物园，她真的不喜欢住在那里。"

　　"她现在住在哪里？"外公好奇地问。

"能住哪儿呀！当然是跟我住了，外公。我跟你说了她是我的宠物，宠物应该住在主人的家里，不是吗？"

布鲁诺跑开了，外公又坐在了长椅上。毫无疑问，自从布鲁诺的爸爸妈妈分居后，他的行为就变得十分奇怪。外公现在明白了，为什么布鲁诺不像其他的孩子一样喊叫，而是像狮子一样低吼；也明白了，为什么布鲁诺不把愤怒表现在脸上，而是伸出胳膊，把手当作爪子一样，做出抓挠的动作。一开始布鲁诺的妈妈对这件事情没有太在意，但是外公现在终于知道了，布鲁诺的所作所为，其实是在模仿他的狮子朋友。

一天下午放学后，外公对他说：

"咱们回家之前去一趟动物园，怎么样？让你的朋友看看那个地方，顺便认识一下其他的狮子，她肯定会喜欢的。"

"妮瓦不想去！我也不想去！"布鲁诺生气地回答。

"人的一生中，不能只做你想做的事。你们俩跟我走吧。"

布鲁诺闷闷不乐、垂头丧气地跟着外公到了动物园。他们在狮笼前停下来，外公说道：

"好奇怪呀！你看见了吗？那些狮子都不搭理你的朋友。为什么它们不凑上来嗅嗅她呢？真没礼貌！"

听到这话，男孩哭了起来，但是外公拥抱了他，然后说：

"布鲁诺，你先别哭……你有没有想过，你可能是唯一可以看见她的人？你简直是太幸运了！"

布鲁诺惊奇地看着外公的眼睛，边叹气边说：

"对啊，肯定是这样的。妮瓦不想被其他狮子看见，因为她是白色的，跟别的狮子不一样，她怕它们不喜欢自己。"

祖孙二人在回家的路上一言不发，外公想着他的小外孙，而布鲁诺则想着他的朋友妮瓦。布鲁诺真替她感到难过，因为她是白色的，她的外表与其他狮子不同。其实妮瓦和他很像，他跟他的同学也不同，他更矮、更瘦，戴眼镜，而且还长着棕红色头发。

第二天早上，吃早饭的时候，布鲁诺的妈妈对他说：

"儿子，你的外公跟我说，你有一个很特别的朋友，叫妮瓦，我可以认识她吗？"

"好呀……妮瓦是我的宠物，不过……她是透明的，你可能看不见她。她是一只白色的狮子。"

然而，他的妈妈并没有嘲笑他，也没有像外公一样用奇怪的眼光看他，而是说：

"真是一个小可怜呀！那她一定很孤独吧。她那么与众不同，也许别的狮子都不愿意做她的朋友……不过，如果我们能看见她，我敢肯定，别的孩子都会喜欢跟她玩的，我也会为她准备好吃的食物。"

"妮瓦只想跟我玩！她不喜欢人类，更不在乎别的狮子怎么看她！"布鲁诺生气地回答。

"或许还有一种可能，是因为她经常生气，总是发出愤怒的低吼，别的狮子才不喜欢她。"妈妈补充道。

布鲁诺看了看他的朋友妮瓦，突然间沉默了。可是自从妈妈说完这番

话后，他和妮瓦的关系似乎产生了一些变化。

　　一个星期天的下午，布鲁诺和他的表弟在房间里做游戏。突然，不知道发生了什么，他们的玩具都被扔出了房间，狠狠地摔在地上。妈妈急忙跑过来。

　　"发生了什么？"

　　"妈妈，都是妮瓦弄的，她生气了，因为我们俩玩游戏她输了。"

"那你最好赶快把地上的东西收拾好，我倒要看看，妮瓦会不会帮你。"

到了星期一，布鲁诺又大发脾气，这次是因为妮瓦把他好不容易搭起来的玩具塔踢倒了。

那天晚上睡觉之前，布鲁诺拒绝给妈妈一个吻，因为他跟妮瓦又闹矛盾了。她在赛跑时推了他一下，让他输掉了比赛，一切都是她的错。

星期二，布鲁诺继续闹情绪，而且不是一次，是七次！理由分别是：饭不好吃、忘了歌词、最爱的T恤脏了……总之，这一天，他不是抱怨这个，就是抱怨那个。可是他已经不能再怪妮瓦了，因为外公说，妮瓦看到他总是生她的气，已经离开了。

这时，外公想到了一个好主意，他对布鲁诺说：

"你不要为妮瓦担心。我相信其他狮子最终一定会接受她的。"

"可是……如果它们不接受她,她还会回来找我吗?"布鲁诺问。

"可能会,也可能不会。不过呢,我敢肯定,总有一天,她会为自己天生是白色的、为自己唯一且独特的样貌而感到自豪。对了,要不要我给你按摩呀?"

"好吧……"布鲁诺回答,然后在外公身边的沙发上趴了下来。

布鲁诺感到如此放松,几乎在沙发上睡着了。

"我们要不要玩一会儿挠痒痒？"上床睡觉之前妈妈问他。

布鲁诺玩得那么开心，就这样面带笑容地进入了梦乡。

有时候布鲁诺会想，作为一只白色的狮子，妮瓦会有什么感受呢？他很难过，因为再也不能见到她了。"她会有朋友吗？"他问自己，"它们接受她的不同了吗？"也许她会回来的，到那时候，他也会给她按摩，安抚她的情绪，会给她讲笑话、挠痒痒，逗她开心。或许这样，她就能成为一只更加幸福的狮子了。

给妈妈的Tips：
如何理解孩子行为背后的需求？

➤ 因为外公知道布鲁诺正处于一个困难时期，即父母分居，所以他开始理解布鲁诺的那些反常行为。大人能够察觉并理解孩子的行为是非常重要的，不一定是父母，有些时候，家庭里的其他成员能更容易地发觉这些反常情况。

➤ 有时，孩子的孤独感、无法构建社会关系的无力感，会促使他们创造一个看不见的朋友。对他们来说，区分想象和现实并不是首要问题。想象出来的朋友有很多作用，他可以帮助孩子正视和反思自己，就像故事里提到的那样。可以促使他们更好地忍受孤独、提升自尊心；也可以安慰他们因无法掌控现实而产生的挫败感和恐惧。故事中的小男孩由于感到孤单，想象出了一个朋友作为陪伴抑或是慰藉，也正是在面对这个想象的朋友时，他才能说出那些不愿对其他人倾诉的话。

➤ 有些时候，这个想象的朋友会变成一个出气筒，就像故事里发生的那样，小男孩犯错后归咎于她，以试探家人忍耐的极限。同时，他也借此把那些无法用其他方式表达出来的情绪（愤怒、悲伤、焦虑、恐惧等）释放了出来。

➤ 成年人应当尊重孩子们想象出来的朋友，并且对他产生兴趣，这样一来，我们和孩子之间沟通的渠道就打开了，这对他们来说是非常重要的。妈妈和外公的感同身受，让布鲁诺更明确地表达出了自己的情感需求，也正因如此，大人们才有了实施恰当干预的机会。

故事中很关键的一点是，小男孩想象出的朋友是一只特殊的狮子，有别于她的同类。布鲁诺以这样的方式把自己的处境转移到了她的身上，因为他觉得自己在外表上与他的同学不一样。从心理学的角度上看，这是很有战略意义的一点，它可以帮助孩子缓解因为与别人不同而产生的焦虑。

尊重他们，尤其是尊重他们的感受是十分重要的。但是我们也必须给孩子制定明确的规则和界限，这些规则和界限必须合理，也必须被反复强调。孩子们必须被告知不遵守这些规则会产生的后果。当布鲁诺行为不当，却归咎于妮瓦的时候，他的家长责备了他，这样做才是正确的。

每一个孩子都需要从小学习保持冷静，为了让他们做到这一点，家庭中的大人们可以通过按摩、听音乐、舞蹈或是其他任何一种能够让孩子放松的活动使他们冷静下来。

幽默也是一个很好的方法。挠痒痒或者模仿游戏会让孩子们开怀大笑。这样，每当有困难出现的时候，孩子们就能学会利用幽默消除压力。

我们也可以从这个故事中看到，不把失败诉诸暴力的重要性。我们必须告诉孩子，挫折、犯错、失败是难免会遇到的，无关紧要，他们应该以恰当的方式应对打击，这样才能和朋友们和谐相处。

亲子共读：
戴安娜的秘密

戴安娜是一个完美的小女孩，她什么都能做好，受到所有人的喜爱，也十分有教养。不管爸爸妈妈带她去哪里，她都表现得非常优秀。所以爸爸妈妈为拥有这样一个乖女儿感到特别自豪。

在学校里，老师几乎每天都会夸奖她，因为她总能用几乎与老师教的一模一样的句子来回答问题。还有，她甚至不用橡皮，就能把图画作业做得又快又好。

爷爷奶奶都叫她"小公主"，因为她走起路来好像脚不着地，简直是踮着脚的！她不喜欢厨房的污垢，更不让小狗跳到她身上，因为这样裙子会变脏，她就不能成为一名公主了。

可是，戴安娜有一个谁都不知道的秘密。那就是在她的身体里，住着一座火山。她非常确定，因为有时她一张嘴，就会有浓烟从嘴里呼呼冒出来，就像火山喷发前的样子。

当她发现自己身体上的异样，就赶紧学习火山的相关知识。她搜集地球上那些重要火山的照片，然后把这些照片用图钉钉在房间里的软木板上。因为她已经会写字了，就在照片下面歪歪扭扭地标注了每一座火山的名字，有的名字可真奇怪啊，好多字她都不认识。

一天下午放学后，奶奶的贵宾犬小贝跳到了她的身上，企图抢她的三明治吃。戴安娜就冲它大喊：

"小贝，走开！"

随后，厨房里瞬间烟雾缭绕，这下戴安娜不知道该怎么办了。她连忙打开了窗户，启动了抽油烟机。过了一会儿，烟雾才总算散去了。之后，奶奶走了进来。

"发生什么事了？"

"没……没什么，奶奶，我保证！"戴安娜说着，小脸涨得比番茄还红。

"小贝刚刚跑进客厅，特别惊慌的样子，而且我还闻到了烧焦的味道。"

"我本来想试着自己做个土豆饼，可是没做好。"她回答，但是不敢看着奶奶的眼睛。

"如果你想吃土豆饼，就跟我说啊！为我的小公主做好吃的，我可开心了。"

奶奶在她的额头上轻轻一吻。戴安娜赶快跑回了房间。显然，她不该喊叫，更不该生气的，如果那座火山苏醒了，说不定还会引发更大的灾难呢。

一天早上在学校里，戴安娜画画的时候不小心画错了一笔。因为不想用橡皮，她觉得用橡皮是一件很糟糕的事情，所以就把画撕碎，扔到了垃圾桶里。老师看见了，对她说：

"戴安娜，怎么了？你为什么要把画撕碎呀？"

"因为我没画好……"她沮丧地回答。

"可你不知道你可以用橡皮擦掉，然后重新画吗？"

"我不想擦掉我的画！我的画必须得一次画好！"

接着，整间教室都被浓烟所笼罩。这让戴安娜变得更加紧张了，为了不让内心的火山喷发，她飞奔着离开了教室。如果她没有这么做，天知道她的老师和同学会有什么下场呀。

然而，那场意外还是被老师察觉到了，不过由于老师是第一次听到戴安娜的喊叫，所以他只是在她回到教室后说：

"发泄不满是很正常的，可是你不能大喊大叫，好像发生了什么可怕的事情一样。你吓到我们了，知道吗？"

戴安娜没有回答，可她在心里想：如果这次从她嘴里冒出的不是浓烟，而是熔浆，他们一定会被吓坏吧。

有一天下午，她跟爸爸妈妈在公园里散步。她好想玩滑梯啊，可是爸爸妈妈不同意，他们说因为她是一个公主，而公主是不能滑滑梯的，那会弄脏她的新裙子。

　　戴安娜生气极了。她感觉自己内心的火山就要苏醒，用尽力气大喊：

　　"我不是一个公主！我只是一个小女孩！"

　　公园里随即充满了滚滚浓烟，可她的爸爸妈妈以为，那只是掩盖在树丛之中的雾气。幸好他们没有发现，浓烟其实是从他们女儿的嘴里冒出来的，不然他们一定会立刻送她去医院，那她的秘密可就藏不住了。

　　日子一天天地过去，戴安娜发觉自己内心的火山越来越大。她也变得越来越小心，不敢叫喊、不敢生气，甚至连抱怨都不敢。最好是一声都不吭，就让所有人继续觉得，她是一个讨人喜欢的乖乖女吧！

　　然而，有那么一位仙女，常常在戴安娜熟睡的时候，忧心忡忡地看着她。从这个小女孩出生起，仙女就一直默默守护着，尽管戴安娜看不见她，可她从来没有离开过。有的时候，仙女会悄声告诉戴安娜一些绝妙的想法；也有的时候，仙女会讲述一些有趣的故事，让戴安娜酣睡的小脸露出恬静的笑容。最近，仙女难过极了，她不知道该如何帮助戴安娜摧毁内心的火山。因此，她挑了一个合适的时间，请求仙女世界的女王让自己显形，因为只有这样她才能帮助这个小女孩。

　　在某一天的晚上，戴安娜在睡梦中隐约听到有人喊她的名字，而且声音越来越近，使她从梦中惊醒。她睁开双眼，看了看四周，这时一位仙女出现在了她的面前，对她说道：

"晚上好呀，戴安娜。我是你的仙女教母，从你出生起，我就一直在你的身边。你本不该看见我，可是女王允许我显形一个晚上，只有一个晚上，我想和你说几句话。我们的时间不多，你一定要好好听我说。"

戴安娜一时间无法从惊吓中缓过神来。她特别想尖叫，不过经过了这么久的训练，她早已学会紧闭双唇，不让自己发出声音。这项技能这一刻很好地发挥了作用，不然，如果吵醒了爸爸妈妈，可就糟糕了。

"你要和我说什么？我为什么要听你的？"她一边问，一边坐了起来。

"为了让你知道我为什么来到这里，我要先和你讲一讲我自己的故事。我有一个秘密，就是我根本不喜欢做仙女，我现在已经变成一名女巫了，但是你别担心，我是一名善良的女巫。"

戴安娜把眼睛瞪得圆圆的，吃惊地听着她的秘密。

仙女继续说道：

"作为一名仙女，我们必须是完美的，必须出色地完成自己的任务，不能抱怨也不能愤怒，而且要不停地微笑，始终注意自己的仪表，时刻保持闪耀。直到有一天我忍无可忍，终于炸裂成了万千个碎片。从那天开始，我就决定变成一名女巫了。现在呢，我比以前更加幸福。"

"可是你看起来就是一名仙女啊……"戴安娜说。

"这个嘛，我的外表没有改变，只是内心变了而已。难道你不想改变吗？难道你不想把心里的那座火山摧毁掉吗？"

43

戴安娜激动得眼睛发光，问道：

"你怎么会知道我的秘密？"

"因为我了解你呀，我知道你根本不想成为一个公主，也不想把所有的事都做得那么尽善尽美。我还知道你喜欢脏兮兮地玩耍，喜欢和奶奶一起做土豆饼，喜欢跟小贝玩，喜欢犯错以后不被批评，喜欢答错问题时不用感到自责，喜欢踩水坑，你知道的，还有好多事情呢……"

接着，仙女凑近戴安娜的耳朵，悄悄对她说了几个神秘的词语。从那以后，戴安娜就再也不想做一名完美的公主了，她学会了如何重新成为一个正常的女孩子。仙女向她保证，只要经常使用这些神奇的词语，她内心的火山就会越变越小，直到有一天会彻底消失不见。

仙女说的是真的。从那天开始，戴安娜就变成了一个正常的女孩子，她会哭也会笑，会生气也会恐惧，会因开心而大叫，也会因生气而大喊。她明白了，男孩、女孩、大人……世界上所有的人都会犯错，这无关紧要。更重要的是，她学会了享受自己做的每一件事，明白了什么是放松，她终于放松了自己，爱上了作为一名善良的小小女巫的感觉。

给妈妈的Tips：
如何让孩子懂得正确表达情绪？

💗 在分析儿童哭闹，以及无法管理挫败情绪的原因时，我们常常会发现一种抑制情绪的现象，它与控制情绪完全不同。抑制情绪指的是孩子们认为他们的感受是负面的，因此不让情绪表达出来。抑制情绪的代价往往表现为焦虑、紧张和持续的压迫感。

💗 有些时候孩子们会感到困惑：他们在成长的过程中，认为表达情绪是错误的，这就使得他们因害怕犯错而选择变得孤僻，排斥与周围人交流。拒绝表达情绪，会使这些情绪内化，以致出现一些不好的身体状况。

💗 戴安娜以为生气和尖叫都是不正确的。可是没有人告诉她，任何一种情绪存在即合理，她只需要以一种恰当的方式将其表达出来，而表达情绪的恰当方式是可以习得的。

💗 完美主义会引发内在的压力，如果压力不能被释放，则会产生病态和不安的情绪，这种不良情绪总有一天会爆发。在这个故事中，我们可以观察到戴安娜身上最初出现的几个爆发的征兆，她一开始就无法控制自己。我们也能看到，她因为担心失去他人的爱护，所以害怕他们发现自己的缺点。

💗 儿童出现由完美主义引发的问题，通常是由于大人为孩子感到骄傲，这促使大人对孩子提出更高的要求。这会让孩子感到窒息，导致他们情绪失衡。

💗 当一个孩子不愿让他的父母失望时，他的自我要求会达到一个极高的水平。可与此同时，父母并没有给他们机会去学会接受错误、失败，挑战极限或者直面弱点。

💛 犯错和改错都是正常现象。错误本不该是灾难，为了让孩子们理解这点，我们应该帮助他们接受错误。错误不该被隐藏，更不是耻辱。如果我们能够率先示范，就可以给孩子们传递双重信息：犯错是正常的，大人也会犯错。

💛 另外，学习能力也是我们要讨论的一个话题。在课上重复老师教的内容，说明孩子的记忆力非常出色，可这并不意味着他掌握了所学的知识。我们可以多跟孩子聊聊"重复"和"掌握"的区别，让他们学会举一反三。一个孩子能说出富有创造力的答案，才意味着他真正掌握了知识。

💛 故事中仙女的出现，划分了过去和未来的界限。当戴安娜知道了仙女的故事，也就更好地理解了在自己身上发生的事情。然后，她才允许自己成为一个正常而非完美的女孩子。故事中的镜像人物起了很重要的作用，观察者在镜像人物身上看到了自己的影子，因此而做出了重要的改变，这便是透彻理解的结果。

💛 在这个故事中，几个神奇的词语解决了戴安娜的问题。你们可以和孩子一起猜一猜这些词语是什么，同时以此为例，再找一些其他的词语，帮助戴安娜以正确的方式表达她的情绪，走出愤怒。

亲子共读：
小精灵的神奇沙漏

小精灵特拉斯托林跟他的爸爸妈妈和兄弟姐妹一起，生活在一片美丽的森林中。他们的家建在一根巨大的树干里，与散步的行人以及栖息在森林中的动物离得远远的。

　　特拉斯托林的爸爸妈妈每天都忧心忡忡的，因为他们发现，儿子由于忍受不了等待而经常暴跳如雷。他还喜欢命令自己的兄弟和姐妹，如果有人违抗，他就会大吼大叫。大家都不喜欢他的坏脾气，所以没人愿意和他待在一起。

　　每当他不能立刻得到想要的东西时，他都会大喊：

　　"我现在就要！现在就要！"

　　"可是，儿子啊，你稍等一会儿，好不好？我现在还不能和你玩呢。"父亲回答。

　　于是，特拉斯托林就开始又哭又闹，歇斯底里，不停跺脚，吓得鸟儿赶快飞走，兔子跳着逃开，小老鼠们慌忙躲进洞里。直到这片森林恢复平

静，它们才会再回来。

一天，特拉斯托林问他的爸爸妈妈：

"什么是'一会儿'呢？"

他们吃惊地看着对方，吞吞吐吐地回答道：

"我们……过一会儿再回答你的问题吧，现在……还不知道怎么跟你解释。"

"不要！"他大发雷霆，"你们现在就得告诉我！"

他的爸爸妈妈带着这份担忧，找到了精灵长老贝尔蒂娜。她认真地听完了特拉斯托林的故事后，说道：

"最好让你们的儿子亲眼看见时间。"

"看见时间？"夫妻二人异口同声地问，脸上的表情别提多吃惊了。

"没错，你们得想办法弄到一个沙漏，每当他想要什么东西的时候，就把沙漏给他，让他等待沙子漏完，这样他就能知道过了多长时间……不过嘛，让我想一下……要是能弄到两个沙漏就更好了！一个漏一分钟，另一个漏两分钟。你们先试试一分钟的，看看效果怎么样。"

特拉斯托林的爸爸妈妈非常喜欢精灵长老的建议，可是离开后，他们才发现，沙漏哪是那么容易就能弄到的呀！没有办法，他们只能又回到了贝尔蒂娜的家，问问她在哪里才能找到那个东西。

"也许……魔法精灵皮里斯科可以帮助你们，你们知道的，他能变出好多东西。上次我的锅坏了，就是他给我变了一个新的。"

回家后，特拉斯托林的妈妈想到：

与其变出两个沙漏，不如施一点魔法，让他们的儿子改掉坏脾气，学会等待，岂不是更好？

于是，他们去了魔法精灵皮里斯科的家，向他提出了这个请求。可是皮里斯科听到后，仰天大笑，笑声极其洪亮，他说道：

"这是不可能的啊！我没有能力改变你们的儿子。"

"为什么不能？你不是会魔法吗？"爸爸问。

"因为不管是人还是小精灵，都只能自己改变自己，不能被别人改变。"

"那我们可以做点什么吗？"妈妈问。

"你们应该给他爱，但是也要给他限制。试试贝尔蒂娜的方法吧！对了，还有，千万不要因为他哭闹，就轻易满足他。如果哭闹的声音太大，你们可以把耳朵堵起来……"

三个人相视一笑，都期待这些方法能产生效果。

然后，皮里斯科走到一张巨大桌子的前面，桌子上摆着各种各样的瓶瓶罐罐和珍稀草药。他取了一点星粉、一点凤梨花蜜、几滴露水，混合在一起，嘴里念着谁都没听过的咒语。

突然，在他们的眼前，出现了两个金色的沙漏，一大一小，漂亮极了。

特拉斯托林的爸爸妈妈带着沙漏，高高兴兴地回家了。没过多久，他们就有了第一次使用沙漏的机会。

"我要吃饭！饿死了！"特拉斯托林嚷着。

爸爸那会儿还在厨房里忙碌，很快就能把饭做好。于是，妈妈没有理会他的喊叫，而是走过去，在他面前放下了那个小的沙漏，并且说道：

"你看见里头的沙子在往下漏了吗？认真盯住它，等所有的沙子都漏完时，爸爸就会把午饭给你端上来了。"

特拉斯托林开始专注地盯着眼前的沙漏，好像着魔了一样，一句话都不说了。沙子都漏下去后，午饭果然做好了。

"儿子你看，这就是'一会儿'。让你等一等也没有那么难，是不是？"

特拉斯托林什么都没说，安静地吃起了午饭，爸爸妈妈互相看了对方

一眼，都露出了笑容。看来，贝尔蒂娜的办法行得通。

第二天，吃过早饭后，特拉斯托林对他的妈妈大喊：

"给我读一个故事！就现在！"

可妈妈并没有理睬他的请求，而是把大一点的沙漏摆了出来，心平气和地说道：

"如果你想听故事，你应该礼貌地问我，不能大喊大叫，知道了吗？

现在，我要你认真看着沙漏里的沙子，等所有的沙子都漏完，你再叫我。"

特拉斯托林一边盯着沙子，一边数着数字。沙子刚漏完，他就看见妈妈拿着他最爱的故事书过来了。可妈妈并没有开始讲故事，而是等着儿子礼貌地提出请求。

"快给我讲故事呀！'一会儿'已经过了！"

"你知道该怎么做的。如果你没有礼貌，我就不会给你讲故事。"

仅仅几秒钟后，特拉斯托林便平静了下来，小声地跟妈妈说：

"妈妈，请给我读一个故事，好吗？"

"很好，我发现你已经学会了等待，也学会了讲礼貌，所以今天，我要给你读两个故事！"

"太好了！" 特拉斯托林兴奋得大叫。妈妈让他坐在自己的腿上，开始读了起来：

"很久之前，在一片神奇的森林中，住着一位魔法师……"

给妈妈的Tips：
如何让孩子学会商量和等待？

★ 儿童哭闹和发脾气的原因之一，就是不懂得等待。我们可以帮助他们练习等待，这跟锻炼肌肉，使之越发强健的道理是一样的。当他们进行了等待，随后得到了满足，明白好事多磨的道理后，我们也别忘了给予他们应得的表扬和赞美。

★ 教他们区分"想要"和"需要"是很重要的。在"想要"面前，孩子们应该避免急躁。而当他们遇到了难题，或是由于不能独自完成一件事，而向我们求助时，我们则应该永远为他们提供帮助。

★ 面对孩子的哭闹，甚至是情感绑架，我们千万不能妥协，要让他们知道，哭闹并不是实现愿望的最佳方式。如果你妥协了，他们便会以为自己的做法是正确的，从而变本加厉。所以我们要明白，从某种意义上说，成年人对孩子的教育负有很大责任。

★ 在必要时，我们应该对孩子说"不"，给他们制定规则，让他们清楚我们希望他们做什么，也要让他们明白如果不遵守规则，会有什么后果。我们制定规则时必须考虑孩子的年纪，规则应在他们的理解范围之内，不能因为家长的状态和想法而轻易改变。如果要改变规则，必须有一个正当的理由。比如，放假的时候可以晚点睡觉，班里有同学过生日的时候可以多吃几颗糖。

★ 在拒绝孩子的要求时，我们应该给他们提供别的选择。比如"现在不行，但是吃完饭以后可以"，或者

"今天不行，明天我们可以去公园里玩"。让他们明白不能任性的道理。

★ 我们也要教他们讲礼貌和尊重他人。除了重视自己的需求以外，也应尊重他人的需求。这项社交技能，能够帮助他们更好地与其他孩子以及成年人相处。

★ 其他人没有理由一直做特拉斯托林要求他们做的事。故事里的主人公因为兄弟姐妹没有按照他的要求做事，就大发雷霆，冲他们喊叫。可是他必须明白，他有愿望，其他人也有，而他们的愿望往往不太一样。

★ 沙漏的作用是让孩子看见时间，这只是众多解决问题的办法之一。你也可以试着找其他办法，用实践测试方法是不是可行。比如说，让孩子做其他事，请他帮你干活，或者把他的注意力转移到一件他喜欢的事情上去。

★ 没有人能改变其他人。这也是一个很重要的道理。我们只能培养孩子的性格，帮助他们转变态度，让他们更有耐心。为了做到这些，在面对他们的哭闹和任性时，我们应该先做表率，展示自己的耐心，不要和孩子一起把局面搅得更加混乱。因为只有大人心平气和、语重心长，才能给孩子一个管理情绪的榜样，才能让他们明白，喊叫和跺脚并不能使他们的要求得到满足。

亲子共读：
巨龙，不要醒来！

不知道从什么时候开始，森林里的动物们都不敢大声讲话了。它们只用特别小的声音偷偷地交谈，谁也不敢喊叫，生怕惊动了沉睡的巨龙。

一天下午，迪格和爸爸想到森林里去走一走。出发之前，爸爸警告他：

"儿子，你在森林里记得要小声说话，因为那里可住着一条龙呢，要是吵醒了它，咱们就危险了！"

"龙是什么样子的呀？爸爸，我真想看看它。"

"没有人知道它长什么样子，"爸爸回答，"可是听人说，见过它的人，没一个可以活着回来。"

"那我就更想看看它了！"迪格坚持说，"我可不相信它像别人说的那样危险。它住在哪里呢？"

"应该是山洞里吧，就在森林里的那个小木屋附近，反正别人都是这么说的。因为从那个方向总能传来它的低吼，不过呢，倒也没有人真的敢凑上去确认这件事情。"

回家以后，迪格决定总有一天自己要一个人去森林里，好好认识认识这个让所有人都害怕的巨龙。

一个晴朗的下午，迪格的爸爸妈妈在午睡，他的妹妹也正在摇篮里熟睡，他借此机会，偷偷溜进了森林。才刚进去，就有一只狐狸拦住了他的去路：

"小孩，你要去哪里？"

"我想去认识一下巨龙。"迪格回答。

"这是不可能的，太危险了！你千万不能靠近它的洞穴！不过……如

果你愿意的话，我可以给你讲讲别人告诉我的事情。"

迪格在一截倒下的树干上坐了下来，准备听一听狐狸要讲的事。

"人们说，它会发出令人毛骨悚然的怒吼。"

"真的吗？还有呢？"他好奇地问狐狸。

"人们说，有时也能听到它撕心裂肺的哭泣。"

"你听到过吗？"

"那当然了，而且我现在回想起来，还吓得直哆嗦呢！"

"人们还说什么了？"

迪格是一个勇敢的小男孩，他认真地听着狐狸的讲述，越听就越想看

看这条巨龙到底长什么样子。

　　"人们还说，它时常用巨大的爪子狠狠地拍打大地，整片森林都随之震颤。"

　　"我要去小木屋那里，试试看能不能在它走出洞口时看见它。不过，但愿它别发现我！"

　　狐狸不想陪他去，可是，它跑去叫来了其他动物。它们都跟在小男孩的身后，与他保持一定距离，因为它们其实也对那条巨龙感到十分好奇。

　　循着烟囱里冒出的炊烟，迪格很快就找到了小木屋。他没有走上前去，而是远远地喊道：

　　"有人吗？"

突然，小木屋的门打开了，一个老奶奶走了出来，非常紧张地说：

"快住嘴！不要喊了！醒了就糟了！"

迪格走过去，对她说：

"我只是想问问您，知不知道巨龙住在哪里？我想看看它……"

"巨龙？什么龙？我怎么没见到过？"老奶奶奇怪地说。

"人们说，它就住在小木屋旁边的山洞里。"

"人们一定是说错了。我对这片森林比对我自己还要熟悉，我告诉你啊，这里可没什么山洞……"

老奶奶话还没说完，迪格就听到了一声撕心裂肺的叫喊，他吓得一动不动，试图搞清楚声音是从哪儿传来的。他刚打算问问老奶奶发生了什么，一个小女孩出现在了门口，她嚷嚷着：

"你为什么要把我吵醒！"

"这是……是我的小孙女……"老奶奶结结巴巴地说，"我跟你说了，最好别吵醒她……"

迪格看看小女孩，然后笑了起来，可是小女孩更加用力地对他吼道：

"你笑什么笑！小矮人！"

迪格凑上前去，对她说：

"小矮人？你站到我旁边来，咱们看看到底谁更小。"

小女孩不说话了，她转身进了家，重重地把门一摔，整个森林都跟着震了起来。

跟着迪格到那儿去的小动物们吓得飞奔着四散而去，可是他走到老奶奶的身边，问她：

　　"您的小孙女怎么了？她为什么这么生气呀？"

　　"唉……要是我知道就好了。她每天从起床就开始生气，一直气到晚上睡觉的时候，世界上根本没有能让她开心的事。有时候连我都会被她的哭闹吓一跳，那样子简直是要把家都毁掉呢。但愿她的爸爸妈妈赶紧把她带回家，我真的不知道拿她怎么办才好了……"

　　迪格请求老奶奶同意，让他进去看看。进门以后，映入他眼帘的却是一大堆破破烂烂的抱枕和被毁坏的玩具，它们散落在地板上，而小女孩正蜷缩在窗户底下的一个角落里。

　　他走上前去，问道："你叫什么名字呀？"

　　"不关你的事！"小女孩头也不抬地回答。

　　"我只不过是想跟你交个朋友嘛，不要这样，告诉我你的名字吧！"

　　"我叫索菲亚，我没有朋友，因为爸爸妈妈说，我是一个小怪兽……"

　　"你知道吗？小镇上的人和森林里的动物还以为你是一条可怕的巨龙呢。"迪格忍着笑补充道。

　　听到这话，索菲亚站了起来，让迪格和老奶奶吃惊的是，小女孩突然放声大笑，而他们二人呢，也跟着她一起笑了起来。

　　"哈哈哈……原来是这样啊！所以，小镇上的人都以为，我的小孙女是一条可怕的巨龙？"老奶奶对迪格说，"这个嘛……有时候她确实挺像的，不过我的孙女别提多善良了。在她的小弟弟出生以前，她特别听话乖巧，几乎从来都不发脾气；哪怕生气，也不会持续多长时间呢。"

"我想到一个好主意！"迪格转向索菲亚，"我想把你介绍给几个朋友，他们一定会惊掉下巴的！"

他们两个走出了小木屋，来到森林里，男孩喊道：

"嘿！森林里的朋友们，快来呀！快来呀！你们看我把谁带来了！"

几个小动物果然出现了，领头的是狐狸先生，它们赶忙对他说：

"求求你不要再喊了，会吵醒巨龙的！"

"我来找你们，就是为了……给你们看看这条巨龙！"这时，为了让大家看见，小女孩向前走了一步。

"是一个小女孩！是一个小女孩！"所有的动物一齐喊道。

"没错，我不是巨龙，而是一个小女孩，我叫索菲亚。"她说着，看到这么多小动物惊讶地围着她，感到奇妙极了。

"就是你撕心裂肺地叫喊？"一个动物问。

"就是你让森林地震？"另一个动物问。

"就是你的怒吼把我们吓得毛骨悚然？"

小动物们都笑了起来，迪格和索菲亚也笑了起来，因为笑容是会传染的。等大家都笑累了，狐狸走上前来，问小女孩：

"现在你可以告诉我们，为什么你总是那么难过、那么气愤吗？"

索菲亚跟迪格一起，坐在了地上，小动物们在他们周围围成一圈，都

想听听她的故事。

"我的爸爸妈妈把我留在了奶奶家，因为我的小弟弟出生了。他是一个早产儿，他们得在医院里照顾他。我觉得他们不爱我了……"她说着，眼泪就掉了下来，"他们把我扔在这里，我连朋友都没有，奶奶还不让我出门，因为她觉得你们都很危险。"

小动物们互相看了看对方，都对她的回答感到十分吃惊，它们一言不发，不知道该说什么才好。可是迪格站了起来，对她说：

"他们肯定还爱你！我妹妹出生的时候，一开始我也很生气，因为爸爸妈妈把大部分的时间都给了她，但是现在我知道了，不管有几个孩子，他们都是一样爱的。"

"还有啊，"狐狸补充道，"如果你的小弟弟在医院里，他们自然要陪着他，不是吗？他们把你留在奶奶家，是为了让她照顾你，这正好就说明了他们爱你，而且担心你过得不好呀。"

"如果你愿意的话，我们都可以做你的朋友。"野兔说，"可是，你要保证再也不吓我们了，好吗？"

"我保证。"索菲亚回答，她现在稍微冷静了一些，"那……你们可以带我逛逛这片森林吗？"

"我去跟你的奶奶说，让她同意你出门。"迪格坚定地说，"我还要去跟我的爸爸说，让他允许我每天过来陪你玩。"

从那天起，再也没有人偷偷讲话，怕吵醒巨龙了，迪格和索菲亚的笑声充满了森林里的每一个角落。

给妈妈的Tips：
如何帮助孩子摆脱挫败感和愤怒？

通过这个故事，我们可以了解到，引起儿童愤怒和攻击性行为的原因是多种多样的。故事里的小女孩出现这种行为，是由于嫉妒和感到被抛弃。

孩子们想确保当他们说出自己的感受以及为什么会有那种感受时，不会受到周围人的批判和指责，这样他们才能改变自己的态度。我们只有对孩子的情绪感同身受，才能发现情绪背后的原因；但是我们也要知道，虽然坏情绪的出现情有可原，但这并不是孩子可以肆意妄为的理由。然而，故事里的奶奶并不理解小女孩，她不知道小孙女为什么变了那么多，也不知道能做什么才能让她感到开心。

另外，成年人必须制止孩子的暴力举动，告诉他们什么不该做，让他们知道自己的行为会产生的后果。故事中的奶奶为了让小孙女高兴，并没有给她设置界限，可这恰恰会产生相反的效果。有了界限，孩子才能感到安全；否则，他们就会变得既没有安全感又无理取闹。

对孩子说"不"，给孩子设置界限，都是爱和关心他们的表现。我们应该对自己的立场不失冷静地保持坚定，让孩子明白在家里不能为所欲为，不能像故事里的索菲亚那样，做毁掉抱枕和玩具的事。故事中索菲亚情绪的爆发，是因为她缺乏自控力，这在一个孩子身上是很正常的，也是因为奶奶缺乏一个能够改变孙女行为的有效策略。

大人的同理心其实是可以帮助索菲

亚渡过难关的，但因为并没有人告诉她，跟奶奶住只是暂时的，所以她一下子适应不了新环境。面对生活中的变化时，孩子需要一个清楚的解释。

🍃 要想防止儿童出现嫉妒心，就要尽量避免给他们的生活带来变化，比如故事里，随着弟弟的降生，父母的态度发生了变化，尽管有正当的理由，但是索菲亚一开始并不能理解。所以我们要注意，大人的决定可能会对孩子产生不良影响，因为他们不总是能明白我们为什么要这么做。

🍃 迪格是一个有同理心的小男孩，他很快就发现了索菲亚的问题，并向她展露了自己的友善。这就是索菲亚从愤怒转向快乐的开始。

🍃 索菲亚对新朋友说出自己的感受时，朋友们换了个角度，理解了她说的被抛弃的感觉。只有孩子觉得自己的诉求被听见了，他们才能开始倾听别人。在这个故事中，我们可以看

到，分享和释放自己的情绪像魔法一样，会产生神奇的效果。

🍃 人的一生中，所作所为都有对应的后果。孩子必须知道他们的行为——比如持续的愤怒会产生什么样的后果。我们不该批评他们，而是该帮助他们意识到自己的错误。

🍃 由于感到被抛弃，索菲亚无法从挫败感和愤怒中走出来，而且父母的话打压了她的自尊心。除此之外，很多孩子因为太小了，不会很好地表达自己的感受，所以哭闹就成了他们发泄不满的途径，而成年人的反应应该是给他们提供方法，帮助他们走出这些消极情绪，让他们感觉好一些。

亲子共读：

温室里的小男孩

海梅是一个普通的小男孩，他也很健康。他吃得多，玩得好，每天打打游戏，看看动画片，或者在图画本上画一会儿画。他的爸爸妈妈对待他的方式十分特别，就好像他是一个稀奇珍宝，需要非同一般的照顾才行。

他的房间简直就是一个温室，常年保持着既不会太冷，也不会太热的温度，他的爸爸妈妈还会严格控制空气的质量，以及从窗外照射进来的光线，以防阳光伤害儿子娇嫩的皮肤。

他们只给儿子吃没有经过农药污染，也没有添加过防腐剂和色素的有机食物，这样才能保证他健健康康、结结实实地成长。他们只给儿子喝瓶装水，因为害怕从水龙头接的自来水含有有毒物质。当然，他们也从来不让他到外面去玩，只有上学的时候，海梅才能坐爸爸的车出门。

下午放学后，妈妈会接他直接回家，虽然他真的很想像同学们一样，在公园里玩一会儿再回家。可是，爸爸妈妈才不会让这样的事情发生呢，因为他们害怕他摔倒，更害怕他受伤。

海梅真的厌烦了一个人玩耍，一个人画画，也厌烦了透过窗户观赏四季的变换。他觉得他的生活无聊透顶、可怕极了。要是爸爸妈妈允许他到街上去玩一会儿，哪怕只有一会儿，那该多好呀！但是无论他怎么请求，他们的回答永远是"不行"。

"海梅，"一天清早，妈妈叫醒了他，说道，"爸爸和我要去照顾几天爷爷。你知道的，爷爷生病了，所以我们呢，打算把你送到乡下蓓帕阿姨的家里住几天。要不是没有办法，我们也不想送你去那里，乡下太危险了，有好多病菌，不过我会好好嘱咐蓓帕阿姨的，让她一定一定好好照顾你！"

海梅还没有完全睡醒，可是听到这话，他大叫：

"我不要去！那里有病毒，有蚊子，有野兽！那里脏死了！我才不要去！"

"但是我们已经决定了。而且，你不是嫌在家里无聊吗？在那儿你可以跟表哥表姐一起……"

海梅放声大哭，哭得那么撕心裂肺，爸爸吓得赶紧从门口探出个脑袋。

"怎么了呀，好儿子？你怎么哭成这个样子了？"

"我不要去乡下！"海梅回答，然后哭得更凶了。

"你放心，我会给你准备一个书包，里面装好所有你会用到的东西。"妈妈试图安慰他，"有防蚊子的蚊帐，你可以挂在床上，有太阳眼镜、防晒霜、防晒帽，还有一件毛衣，冷的话你可以穿上，还有雨衣、雨伞、雨靴，我们还会给你带上一箱矿泉水以防乡下的水不好，怎么样呀？我还会嘱咐蓓帕阿姨好好照顾你，只给你吃有机食物。你在那里会像在家里一样，真的，到时候你就知道了。"

可怕的一天还是来了，海梅只能留在乡下，跟蓓帕阿姨、塔尼娅表姐和卡洛斯表哥一起，看着爸爸妈妈的车渐渐远离。

那天他过得很不好，简直是糟糕透顶了。他不敢出门，因为害怕外面有危险。也不想吃饭，哪怕是从菜园里刚摘的、最新鲜的蔬菜都不要，因为他觉得菜里有病菌，会让他生病。蓓帕阿姨不知道该怎么办，才能让他感觉好

一点。她想可能是海梅还没适应，等他真的饿了，应该就什么都会吃了。

因为没有游戏机，海梅觉得无聊极了，直到他听见表哥、表姐和其他一些小朋友的欢呼。为什么他们能玩得这么开心呢？他决定去一探究竟。他小心翼翼地打开了门，然后走到了街上，开始追在他们后面跑，可是一不小心，他脚下绊到一块石头，扑通一下摔倒了。海梅哇的一下就哭了，一边哭一边惊慌地看着自己膝盖上的伤口，害怕极了。表姐塔尼娅听到了他的哭声，赶快跑了过来。

"你受伤了吗？"她问。

"对啊，好疼啊！"海梅哭着说。

"你别害怕，我们现在回家，我给你用双氧水洗一下伤口，然后贴一块创可贴就好啦。我爸爸教过我怎么处理小伤口，你这个没什么的。"

"你确定吗？这还有血呢……"海梅说。

"当然确定了！"表姐笑着回答。

海梅其实一点儿都没听明白表姐刚才说的话，因为那是他人生中第一次摔倒，他不知道什么是双氧水，什么是创可贴，他也不敢问她。处理好伤口后，塔尼娅有一个提议。

"你想跟我们去喷泉那里玩吗？我们在那儿把气球灌满水，然后扔着玩儿，可有意思了！"

"不用了，我可不想弄湿自己，而且那儿肯定有好多蚊子。"他有一些生气地回答。

"不去你会后悔的！"说完这话，塔尼娅就跑开了。

海梅还是决定留在家里画画，可是蓓帕阿姨奇怪地看着他。

"你为什么不去跟表哥、表姐玩呀？"

"我不想跟他们玩！"海梅生气地回答，"他们一点都不讲究！"

到了晚上，他实在是饿得不行了，就吃了一罐沙丁鱼罐头。然后，他听到大家都在门外笑着聊天，于是他也走了出去。

"你想玩纸牌吗？可有意思了。"表哥卡洛斯问他。

"好吧，纸牌我还是玩得很好的，我经常赢呢。"他在回答的时候，脸上终于第一次露出了笑容。

卡洛斯也玩得很好，赢了第一局。可是海梅一点也不喜欢输的感觉，他非得说卡洛斯作弊了。

"我没有作弊！你的毛病就是不知道什么叫认输！"表哥生气地喊道。

这时，蓓帕阿姨不得不上前进行干预了，她对他们说：

"孩子们，游戏就是有输也有赢的啊，这再正常不过了，有什么关系呢？你们再玩一局，看看这次谁能赢。"

"我不玩了！"海梅哭着大喊，随后向他的房间奔去。表哥表姐没想到他会哭得那么厉害。

三个人都叹了口气，塔尼娅追了上去。

"不要这样嘛，海梅！回来吧！你要是不想玩的话，就不玩，你可以看着我们玩呀。"

"那好吧……"他说，"那我要看看卡洛斯到底有没有作弊。"

正当三个孩子玩得很好的时候，突然，海梅大喊：

"我被蚊子咬了！我被蚊子咬了！我要得病了，你们快送我去医院！"

另外三个人先是吓了一跳，但紧接着都哈哈大笑了起来。可海梅说不出话来，他不明白他们为什么会笑。

"去医院？你是从哪个星球来的啊？哈哈哈……"卡洛斯大笑着问他。

"别担心。"塔尼娅凑上前去，看了一眼他被蚊子叮的包，说道，"我给你喷点驱蚊水，蚊子就不会过来了。"

"海梅，"蓓帕阿姨补充道，"夏天有蚊子是很正常的，被蚊子叮了也不要紧，你表姐的主意就很好呀！"

几天后，海梅感觉自己渐渐习惯这里的生活了。蓓帕阿姨做的饭，他都喜欢吃，有时候甚至会吃两碗。他也喝水龙头里的水了，因为他发现大家都是这样做的，谁都没有因此而生病。几乎每天早上他都会自己在胳膊和腿上喷驱蚊水，不过有时候也会忘记；他还会涂上防晒霜，因为每年夏天的这个时候，太阳都火辣辣的。

他开始笑得更加频繁，当他和表哥、表姐在广场上玩的时候，他甚至会开心得大喊大叫。蓓帕阿姨为他的改变而感到非常高兴，海梅的爸爸妈妈来接他回家的时候，他们都没有想到海梅会这样说：

"我可以在这里多待几天吗？求求你们了……"

"让他再待几天！让他再待几天！"塔尼娅和卡洛斯绕着圈喊道。

他的爸爸妈妈困惑地看了看儿子膝盖上的伤口、胳膊上的蚊子包、手上的污垢、乱蓬蓬的头发和晒红的脸颊，惊讶得说不出话来。

"儿子，你还好吗？"妈妈抱着他问道。

"你这伤口是怎么回事呀？你的脸怎么被晒伤了？你头发怎么这么乱？"爸爸一边说，一边从头到脚给他检查了一遍。

"我在这儿可太开心了！玩得好极了！在家我很无聊……求求你们了，就待几天，好吗？"

"可……可……可是，儿子……"妈妈吃惊得连说话都结结巴巴了，"我们以为你一定迫不及待想回家了呢，你在家里更安全……"

"这里可不能再待了，你看看你的样子，回家以后肯定会生病的……"爸爸严肃地补充道。

海梅看了看爸爸妈妈，又看了一眼蓓帕阿姨，用眼神请求她帮帮他。

于是，蓓帕阿姨满脸真诚地看着自己的妹妹，说道：

"这个夏天就让他住这儿吧，亲爱的妹妹，海梅又不是温室里的花朵，他只是一个小男孩。你还记得吗？小时候咱们在这儿玩得多开心啊，我们不也健健康康地长大了吗？"

最终，他的爸爸妈妈同意了，海梅用力地抱了抱他们，然后开心地说了再见。

对他来说，那简直是生命中最好的一个夏天，从那时起，每年夏天他都会来到乡下住一个月，而且每次一来，他就会飞奔着找表哥、表姐一起玩耍。

他现在可以喝自来水了，不过，爸爸妈妈为了小心起见，装了一个净水器。他现在什么都吃了，不过，爸爸妈妈还是会继续购买有机食物。每天下午放学后，他都会跟朋友们在公园里待一会儿，或者约他们在家里做做游戏、玩玩纸牌。他有时输，也有时赢，但总是玩得尽兴极了。

给妈妈的Tips：
如何让孩子直面困难和改变，融入环境？

🍃 在这个故事里，我们可以看到过度保护的问题。海梅的父母让他认为外界是危险的，父母在保护他，但当他到了一个全新的环境后，他发现家里的规则在那里统统不适用了。

🍃 成年人的任务当然是保护孩子，让他们远离危险，但另一个任务是助力他们成长，帮助他们培养健全的人格。为了做到这一点，千万不要混淆"保护"和"过度保护"。

🍃 孩子在遇到困难的时候，会产生一种无力感和莫名的恐惧感，面对生活中的变化，会感到焦虑，从而感到有压力。导致故事里的主人公产生挫败感的，恰恰是他对新环境的恐惧。

🍃 如果我们不停地提醒孩子，他们在生活中可能会遇到危险，即使发生危险的概率极低，即使是微不足道的问题，都会使孩子们对可能发生在他们身上的事产生恐惧感。无数调查结果显示，过度保护和儿童焦虑症之间有着紧密的联系。

🍃 让孩子自己解决问题是很重要的。如果我们什么都为他们做好了，他们就不能获得独立解决问题的能力。除此之外，他们的自尊心也会受到影响，因为这会让孩子认为，我们帮他们做是因为他们自己没有能力做。

🍃 孩子需要体验成功、超越失败、挑战自己，向着更强更高的目标迈进。我们应该帮助他们做好走入社会的准备，切勿把生活粉饰成我们想让孩子看到的样子。

🍃 懂得调节情绪可以帮助孩子克服

一系列因依赖而引起的问题，大到成为虐待的受害者，小到不敢说出自己的所思所想。我们应该培养孩子的韧性，帮助他们在困难面前强大起来，这是一个重要的品性。

🥢 当我们给孩子读这则故事的时候，可以问问他们有什么害怕的事情，同时对他们做的那些勇敢的事表示赞赏。我们必须要相信孩子有做事的能力，这一点非常重要。如果孩子总是失败，有时候可能是因为成年人不给他们锻炼的机会，甚至是不相信他们有能力把事情做好。

🥢 这个故事还告诉了我们，一个人不可能总是赢。借此机会，你们可以讨论一下那些赢的时刻和输的时刻。我们要让孩子知道，输了、失败、犯错都没有关系，因为这就是游戏有趣的地方。如果总让孩子赢，他们就会像海梅一样，不知道如何在失败时调整自己的情绪，这可能会导致他们做出不恰当的行为。

🥢 同龄人可以帮助孩子融入社会和生活环境，就像故事里发生的一样，在同龄人身上，孩子可以学到很多重要的道理。因此，帮助孩子交到朋友是非常重要的。

图书在版编目（CIP）数据

孩子，妈妈懂你的情绪. 伤心怎么办 /（西）贝戈纳·伊巴洛拉著；（西）布兰卡·米兰绘；隋紫苑译. —— 苏州：古吴轩出版社，2023.1
ISBN 978-7-5546-2005-2

Ⅰ. ①孩… Ⅱ. ①贝… ②布… ③隋… Ⅲ. ①儿童故事 – 图画故事 – 西班牙 – 现代 Ⅳ. ①I551.85

中国版本图书馆CIP数据核字（2022）第179441号

Orignal title: ¡Estoy muy enfadado!
2020, Begoña Ibarrola, for the text
2020, Blanca Millán, for the illustrations
2020, Penguin Random House Grupo Editorial, S.A.U., Travessera de Gràcia, 47-49, 08021 Barcelona
The Simplified Chinese translation rights arranged through Rightol Media
（本书中文简体版权经由锐拓传媒旗下小锐取得 Email: copyright@rightol.com）

责任编辑：顾　熙
见习编辑：羊丹萍
策　　划：石谨瑜　常晓光
装帧设计：平　平 @pingmiu

书　　名：孩子，妈妈懂你的情绪. 伤心怎么办
著　　者：[西]贝戈纳·伊巴洛拉
绘　　者：[西]布兰卡·米兰
译　　者：隋紫苑
出版发行：古吴轩出版社
　　　　　地址：苏州市八达街118号苏州新闻大厦30F
　　　　　电话：0512-65233679　　邮编：215123
印　　刷：河北朗翔印刷有限公司
开　　本：880×1230　1/24
印　　张：9
字　　数：95千字
版　　次：2023 年 1 月第 1 版
印　　次：2023 年 1 月第 1 次印刷
书　　号：ISBN 978-7-5546-2005-2
著作权合同登记号：图字10-2022-341号
定　　价：98.00元（全2册）

如有印装质量问题，请与印刷厂联系。022-69485800

献给伊拉蒂、伊克尔以及所有未来的创造者们。你们一定要为自己感到骄傲，更要为你们为世界所贡献的独一无二的才华而感到自豪。

[西] 贝戈纳·伊巴洛拉

献给所有的孩子们，他们个个与众不同，让世界充满色彩。也献给艾里亚斯和萨贝拉，他们照亮了我的世界。

[西] 布兰卡·米兰

孩子，妈妈懂你的情绪
和别人不一样怎么办

[西] 贝戈纳·伊巴洛拉 著

[西] 布兰卡·米兰 绘

隋紫苑 译

古吴轩出版社

前言

自尊即自我尊重，是一个人对其社会角色进行自我评价的结果，包括自我尊重和自我肯定。它往往影响着儿童的自我认知及自我概念的形成，也在很大程度上影响着儿童身心的健康发展。

儿童在成长的过程中，会不断地形成自我概念。他们会对自己的外貌和性格产生基本认知，也会开始思考"我是谁？""别人是不是喜欢我？""我能不能被他人接受？"之类的问题。同时，他们也会对自己的能力产生期待，如果经常体验到成功，他们会认为自己是有能力的，而且会对自己感到满意。如果没有获得预期中的成功，他们可能就会自我否定。

一个不爱自己，也不觉得自己应该被他人所喜爱的孩子，常常会在与他人的比较中，产生一种无价值感。而且在生活当中的各个方面，他们的个人能力都很难得到充分发展，更会缺失一种从生活中感受幸福的能力。

那么，如何提高一个孩子的自尊心呢？

提高孩子自尊心的关键点，就是使他们接受自我。在这一点上，父母扮演着很重要的角色，因为孩子会从父母的眼神和话语中获得自我评价。无论这些评价是正面还是负面的，孩子都会坚信，那就是自己的样子。

因此，父母和教育工作者都要给予孩子积极且公正的评价。帮助他们接受自己原本的样子，认识到自己的优势，从而帮助孩子建立自尊心。但同时，我们也要让孩子了解自己的不足，因为一味夸奖对他们的成长并没有好处，真实的生活里并不都是糖果。我们要帮助孩子学会接受失败和错误，并承担由此引发的后果和挫败感。我们还应该夸奖他们的成功，但不过于夸大他们的失败，引导他们直面难题，提升自己独立解决问题的能力。

对广大的父母群体和教育工作者而言，无论孩子是否优秀，是否取得了出色的成绩，我们都应该给予他们无条件的爱，帮助他们在简单的事情上，做出符合他们年龄的决定。

我们还应该理解他们的情绪，了解他们产生这种情绪背后的原因，并且教会他们以恰当的方式表达这种情绪。

只有遵循上述做法，孩子才能自爱、自尊、自信，才会觉得自己是有能力的，而且值得享受幸福。

目录

一、自信

亲子共读：
魔镜，谁是最漂亮的
小女孩……

一天下午，放学的时候，宝拉有些心不在焉。那天，老师给他们讲了《白雪公主》的故事，一开始她没有很认真地听，因为这个故事她已经听了太多遍，都能背下来了。可是不知怎么了，她一整天都在不停地想一件事：世上真的有魔镜吗？

　　到家以后，她一溜烟跑进了卫生间，站在镜子前面，非常认真地说：

　　"魔镜，魔镜，告诉我，谁是我们班最漂亮的女孩呢？"

　　然后，镜子回答了她：

　　"米……兰……达……"

　　听到这话，宝拉仔细地看了看自己映在镜子上的脸庞，瞬间感到十分难过。

　　"好吧，你的魔力可能有点弱……"她小声地说，然后朝着爸爸妈妈的房间奔去。

　　到了那里之后，她打开衣柜，盯着柜门上的穿衣镜，也问了同样的问题："魔镜，魔镜，告诉我，谁是我们班最漂亮的女孩呢？"

接着，一个深沉的嗓音从衣柜深处传来："米……兰……达……"

听到这个回答，宝拉"啪"的一声摔上了柜门，伤心地回到了自己的卧室里。她多想听到自己的名字啊！可是，她觉得镜子说的是真的。米兰达比她高得多、瘦得多，还有着一头美丽的金发，跟自己短短卷卷的黑发比起来，简直漂亮极了。

当天晚上，爸爸妈妈发现宝拉跟平时有些不一样，不过，他们以为那只是暂时的，悲伤的情绪很快就会过去。他们决定，如果第二天宝拉还是不开心，他们就找她谈谈。

"我不想吃饭。"晚饭准备好的时候，她这样对爸爸说。

"我不想听故事。"睡觉之前，妈妈拿着故事书走进她的房间，准备跟她说"晚安"的时候，她这样对妈妈说。

那天晚上，她做了一个梦，梦到自己变成了一位公主，住在一座美丽

的城堡中。而在相邻的城堡里，住着一位年轻王子，他正在为自己寻找结婚的对象。为了认识王国里所有年纪相仿的公主，他举办了一场盛大的舞会。在舞会上，宝拉是那些公主里最美、最高、最瘦的，她还有着一头美丽的金发，可是，王子根本没有注意到她，因为他一点也不喜欢又高又瘦的金发公主。

第二天，刚到学校，宝拉就向老师提出要去洗手间。

"宝拉，这么早就去洗手间吗？"老师奇怪地问，"可是，你才刚到呀……"

"我真的忍不了了……"宝拉紧张地回答，没敢看老师的眼睛。

"好吧，你去吧，可别耽误太久。"老师好奇地打量了她一眼，然后说道。

于是，宝拉飞快地跑到了学校的洗手间里，对着墙壁上的镜子，再次问道：

"魔镜，魔镜，告诉我，谁是我们班最漂亮的女孩呢？"

可是这次，镜子没有回答。宝拉踮起脚，凑到镜子跟前，怕它没有听见，就又问了一遍。然而，镜子还是没有回答。宝拉失望地想：

"真是的！这面镜子连话都不会说，根本不会魔法，看来只有我家里的镜子才是魔镜，它们是肯定不会骗我的。"

回到教室里，宝拉整个早上都在斜着眼睛偷偷地观察米兰达，她不明白为什么有些女孩可以那么美，而另一些那么丑，比如她自己；为什么贝雅特里兹画画那么好，而她画得那么差；为什么鲁本跑得那么快，而她从来也跑不到第一名；为什么有些镜子会魔法、讲真话，而另一些甚至连话

都不会说。

课间休息之后，他们开始上故事课。这次，老师讲的是《丑小鸭》的故事，结束的时候，他请每一位同学都说一说，他们最喜欢故事里哪个部分。但是，宝拉却哭了起来。

"宝拉，"老师对她说，"不要哭呀，你不觉得这个故事有一个很好的结局吗？丑小鸭并不丑陋，它其实是一只美丽的白天鹅，它只是需要时间去成长，去发现自己的美丽。"

宝拉没有回答，她的朋友索妮亚和鲁本都走过去安慰她，因为他们不喜欢看到自己的朋友伤心地哭泣。

午休的时候，宝拉对她的两个朋友讲了魔镜的故事，他们二人激动极了，争先恐后地说着：

"要不然咱们仨一起去洗手间，看看镜子跟不跟我们说话！"

于是，他们就朝洗手间走去，在去的路上，鲁本突然对宝拉说：

"我觉得你比米兰达漂亮……我一点也不喜欢米兰达，她有点骄傲，而且唱歌也没你好听。"

"我也这么觉得。"索妮亚补充道，"米兰达不是我们的好朋友，可你是呀。"

在洗手间里，他们走到镜子跟前，注视着镜子里面的三张脸庞，一齐大声地问道：

"魔镜，魔镜，告诉我，谁是我们班最好看的人？"

然而，一个熟悉的声音在他们的背后响了起来：

"是你……你……你……"

三个人一转身，就看到了老师正在门口，面带笑容地望着他们。老师有点吃惊地问道：

"你们为什么要问这个问题呢？我不是在课上说了吗，我们每一个人都很优秀，都很特别。"

"那个……是啊……可是我家里的魔镜说，咱们班最好看的人是米兰达……"宝拉伤心地说。

"我觉得你家里的并不是魔镜，"老师说，"这面镜子才是，因为它的魔法是能让每一个人都看到自己的美丽。"

听到老师的话，三个孩子都露出了笑容，他们重新看了看镜子，发现……老师说的是真的！他们现在觉得自己变得更好看了，但是，跟米兰达的好看又不太一样。

老师补充道：

"所有的男孩和女孩都是漂亮的，如果你仔细观察，就会发现每个人漂亮的方式各不相同。因为所有人都是不同的，我们不应该互相比较，知道了吗？"

"知道了，老师。"三个人齐声回答。

那天下午，爷爷去学校接宝拉回家，他发现小孙女比平时高兴得多，

于是问：

　　"今天你们在学校做了什么呀？看你那么开心，是得到什么奖励了吗？"

　　"不是呀，爷爷，是因为今天老师和同学都说我长得漂亮。"

　　听到这话，爷爷弯下腰来，看着小孙女的眼睛说：

　　"那当然了，我最爱的、最美的小公主是谁呀？"

　　"是宝拉！"宝拉抱着爷爷回答，"可是我现在不想成为一名公主了。爷爷，鲁本也很帅，还有索妮亚，还有马丁……"

　　回家的路上，她就这样一直念着班里所有男孩和女孩的名字，也包括米兰达。

　　一到家后，她就丢下书包，飞奔到卫生间里，对着那面镜子生气地说：

　　"我不需要你对我说我很漂亮，我本来就很漂亮！你知道了吗？"

　　她又跑去爸爸妈妈的房间，打开衣柜的门，对着穿衣镜正面照照、侧面照照，靠近照照、退后照照，随后，她关上柜门说道：

　　"这面镜子好像是魔镜，因为它今天照出了我的美丽……"

　　然后，她就唱着歌，开开心心地跑进了厨房，在那里，爷爷为她精心准备好了很多美味的点心……

给妈妈的Tips：
让孩子看到自己的优秀

◎ 这个故事说明影响儿童自尊心的一个主要因素，就是他们是否接受自己的外表。为了让自尊心得以健康发展，每一个孩子都应该喜爱自己的外表，而不应该经常与他人做比较。但遗憾的是，人们对美的刻板印象让很多孩子和年轻人误以为那就是美的标准。

◎ 故事里的主人公宝拉就对美有一个标准，这个标准是她的同学米兰达的外表，因为觉得自己达不到标准，所以她在心里积压了很多不满情绪。在这个时候，我们成年人能做的就是细心观察，及时发现孩子的不满，引导他们正确评估自己与同学的不同，从而帮助他们正确认识人与人之间的差异性。

◎ 我们可以问问孩子：他们喜欢自己身上的哪一点？不喜欢自己身上的哪一点？这样，我们就能知道他们对于美的看法是不是真的被刻板印象所局限住了。如果答案是肯定的，我们应该引导孩子不要过于看重自己的外貌，更不能产生自卑情绪。我们可以好好跟他们谈谈心，以聊天的方式，教他们学会接受那些不能改变的事情，转而把精力放在那些可以改变的事情上。

◎ 普遍的审美标准、日常生活中孩子从成年人口中听到的关于美的评价等等，都会导致儿童不能接受自己的外表。所以，我们首先要教会他们的，就是正确评价外表的美丑。只有当一个孩子喜欢自己时，他们的身心才能健康地发展。

◎ 还有什么方法可以帮助孩子摆脱外貌上的困扰呢？其实，有一些外在形象是能够改变的，比如，我们可以提醒他们多注重一下卫生，还可以帮他们变换一下发型或是穿着打扮等。有时，这些简单的改变就足以提升他们在自己和别人眼里的形象了。

◎ 朋友对儿童建立自尊心也起着至关重要的作用。因为很多时候，朋友的评价可能和孩子对自己的评价完全不同。比如，故事中宝拉的朋友们对她做出了很多积极的评价，这就很好地帮助她改变了对自己的看法。

◎ 家长和老师们必须经常向孩子传递一条信息，那就是永远不要和他人做比较。因为如果一个孩子总是喜欢把自己跟别人做对比，说明他觉得自己不如别人，而这个行为更深层的含义是，他渴望改变自己。

◎ 在这个故事里，老师的角色十分重要。在孩子身边，需要有一个成年人经常对他们表达赞扬，给予他们足够的爱护和关注，最重要的是令他们接受自己本来的样子。

◎ 我们可以跟孩子做一个小活动，向他们提出以下几个问题：你的朋友们都长什么样子？他们有哪些特质？他们都擅长什么？然后，再以同样的问题讨论一下家庭里的其他成员，最终让孩子明白，我们每个人都是不同的，正是这样的多样性构成了我们的世界。

二、协作

亲子共读：
托马斯菜园里的小动物

在托马斯的菜园里，住着一只小刺猬，名字叫托尼。他有时在番茄藤间散散步，有时躲在菜园的角落里偷偷观察着一切：托马斯摘豆角的时候，他在看着；托马斯挖土豆的时候，他在看着；生菜和西葫芦在田间静悄悄地生长的时候，他也在看着。

托尼给自己建造了一个非常美丽的窝，也拥有足够的食物，可是他并不幸福。他时常竖起一身的刺，团成一个球，哪怕根本没有人想要伤害他。

一天，母鸡贝波娜在鸡舍外面散步的时候，遇到了托尼。

"你知道我不会伤害你的，为什么要把一身的刺都竖起来呀？"贝波娜问。

"以防万一呗，"他回答，"万一你心情不好呢……"

"我总是心情很好的！难道你看不出来吗？"母鸡抗议着说。

贝波娜住在菜园旁的鸡舍里。她觉得自己很幸运，因为托马斯每天都允许她在菜园里逛几个小时，吃吃鲜草和小虫子，不像另一个鸡舍里的母鸡们，她们整天都被主人关在笼子里，只能吃饲料。她其实还挺羡慕托尼的，因为他想什么时候逛菜园，就什么时候逛，没有人给他规定时间，所以她不明白为什么他总是心情不好。

"你为什么总是那么孤僻呀？有时我都怀疑你到底还是不是我的朋友了……"贝波娜有一次严肃地对他说。

"因为没有人在乎我，也没有人拥抱我，虽然你是我的朋友，可我有点嫉妒你。"

"你嫉妒我？我倒要听听是为什么！我真是不明白，应该是我嫉妒你才对吧！"贝波娜回答道，她觉得托尼说的话奇怪极了。

"因为我看见了托马斯捧着你下的蛋，一副开心的样子，他还抚摸你，对你说'谢谢'呢。这个理由足够了吗？对我，他理都不理。"

"那是当然了！"她说，"用我下的蛋做的菜，可是十分美味呢！"

"对啊！我不会下蛋，我什么也给不了他，所以他不喜欢我。"

托尼也很羡慕皮杜莎和卡萝尔，她们是两只住在树上的松鼠。每天早上出去玩耍之前，她们的爸爸妈妈都会给她们一个拥抱。

"你们的爸爸妈妈为什么对你们那么好呢？"一天，托尼问她们。

"因为他们很爱我们。"两只松鼠一边在树枝上跳来跳去，一边回答，"如果你没有那身刺的话，托马斯也会抱抱你的。"

"就是因为我这身刺，别人才尊重我！"他生气地回答。

"可是，本来就没有人不尊重你呀。托尼，你简直在说傻话！"她们说完便跳走了。

松鼠的话让托尼感觉更难过了。他很确定托马斯是不喜欢他的，所以他决定离开这里，去寻找一个有人能抱抱他的地方。可是，现在想想，别人为什么要喜欢他呢？一只刺猬能做什么呢？

可怜的托尼呀，他的脑子里真的乱成一团了。他回到了自己的小窝

里，开始想想这个想想那个，可就是找不到答案。想着想着，他就蜷缩在树叶做的床上，沉沉地进入了梦乡。

那天晚上，他做了一个梦，梦到自己变成了一只巨大无比的刺猬，菜园里的每一个动物都畏惧他。如果有人靠近，他就竖起浑身又长又尖的刺，用力吼叫，准备迎战任何一个打扰他的人。在梦里，动物们都敬重他，因为他最强壮、最厉害，没有人敢得罪他……然而，他在醒来后，心里想："我那么小，吓得了谁呀？难怪托马斯看不见我呢……"

可是第二天，发生了一件事，让托尼的想法彻底改变了。

那天托马斯正弯着腰，在清理野草。托马斯看了托尼一眼，差点把托尼吓个半死，他赶紧竖起了浑身的刺，准备保护自己。

"你别害怕，"托马斯说，"要是你把刺收起来，我就带你去一个你没去过的地方，在菜园外面，你一定会喜欢的。"

托尼想了一下，然后收起了刺，任凭托马斯把自己捧了起来。托马斯把他放在手心，边走边抚摸着他的肚子。

他们要去的地方很快就到了，托尼一看到那个地方，就兴奋地大喊：

"一个池塘！我可喜欢在池塘里泡澡了！"

"我知道呀，"托马斯说，"所以我才带你来的。我看你总是小心翼

翼的，不敢走出菜园。今天带你来这里，就是为了让你知道这个地方，以后你想来的时候，随时都可以来。"

"谢谢你，托马斯，你不知道我现在有多幸福。"托尼钻进了水里，微笑着说。

托马斯的抚摸让托尼平静了下来，从那天起，每当他看见托马斯在菜园干活的时候，都会凑上去跟他打招呼。

　　有一天，托马斯竟然对他说了"谢谢"。托尼感动极了，好奇地问：

　　"你为什么感谢我呀？我不会像贝波娜一样下蛋，也不会像卡萝尔和皮杜莎一样帮你把松果从树上扔下来。"

　　"你不知道吗？是因为你，那些破坏植物的虫子才不会靠近这里呀！"

　　"我真的不知道！"托尼激动地说，"你是说我对你很有用？"

　　"当然有用了！你把对蔬菜有害的虫子、蜗牛、蜘蛛都吃了，而且还

能防止蛇钻进来，怎么会没用呢？多亏有你，这些生菜才长得那么大，那些番茄才结得那么好，还有那些西葫芦，简直太好吃了，我今天就要吃一盘。你对这个菜园的贡献可大了呢！"

托尼听到这话哭了出来。因为他羡慕母鸡和松鼠很长时间了，他以为她们比自己有用得多。但是没想到，刺猬也是很重要的嘛！

托马斯在吃午饭的时候，有些心不在焉，甚至把自己的想法大声说了出来，他平时可不是这样的！

"可能动物也和人一样……有些人一辈子都觉得自己不重要、不够

好、没有价值，也许这就是他们不幸福的原因吧。"

接着，他想到了自己。小时候，为了让爸爸骄傲，他总是尽力把一切都做到最好，可是爸爸从来都没有夸奖过他，也不承认他做得好。相反，妈妈却经常说，他在家里帮了很多忙，夸他唱歌好听，夸他把山羊照顾得很好。是妈妈的那些话帮助他走出失落的。

想到这里，他决定给所有住在菜园里的动物开一次大会。他想要让每一个动物都感觉幸福和骄傲，他不想任何一个动物觉得自己没有价值，或是总喜欢拿自己跟别的动物比较。

一天下午，太阳落山之前，他把所有的动物都叫了出来，并对他们说：

"作为这个菜园里的一分子，你们都在用自己的方式帮助我，请接受我对你们的谢意。谢谢你，贝波娜，下那么好吃的蛋，但是希望你不要学松鼠在树枝上跳来跳去，那样，你可是会把腿摔断的。"

贝波娜骄傲地把身子挺得笔直，抬起胸脯，抖着羽毛，好像比平时大了一倍。

然后，托马斯转向松鼠皮杜莎和卡萝尔，对她们说：

"当你们把松果从高处给我扔下来的时候，你们不知道我有多高兴，可是呢，希望你们千万不要像托尼一样去跟蛇对峙，你们会被咬到的。"

听到夸奖，皮杜莎和卡萝尔开心得跳了起来。

然后，托马斯又对蚯蚓、七星瓢虫、金龟子和蜜蜂都表示了感谢。最后，才轮到托尼，因为他想让托尼听到他对所有动物的评价。

"托尼，你只需要做一个刺猬应该做的事情，这就足够了，我们已经聊过了，你应该为你自己感到骄傲。对我和对这片菜园来说，你都非常重要，所以我真的很感谢你。"

话音一落，所有的动物都用力地鼓起了掌。从那天开始，再也没有任何动物羡慕其他动物了，因为他们之间怎么能互相比较呢？这是不可能的！每一个动物都有自己独特的价值，他们齐心协力，共同帮助托马斯建造了一个美好的菜园。

给妈妈的Tips：
教孩子学会团队协作

💜 如果你的孩子总是喜欢跟他的同学或者兄弟姐妹做比较，你可要注意了，他可能有自尊方面的问题。这就要求我们成年人先以身作则，不要把我们的孩子跟其他孩子做对比。因为每个人都是不同的，每个孩子都值得被尊重。

💜 我们应该多多夸奖孩子做得好的事情，告诉孩子他们擅长什么，让他们知道自己在哪个方面有天赋，这样他们就会更加自信。然而，这并不意味着，我们要对他们的缺点避而不谈。隐藏缺陷对增强孩子的自尊心同样没有任何帮助，相反，会给他们制造一个虚假的自我形象。

💜 在这个故事中，小刺猬托尼做梦也没有想到，原来自己对这片菜园有

那么大的贡献。这给我们提了个醒：有时候做父母的可能会以为，孩子已经知道他们对这个家庭非常重要了，然而事实却并非如此。我们应该经常对孩子说出"你很重要""我爱你"这类话，这样他们才能时刻感受到自己的重要性。

💜 如果一个孩子经常嫉妒别人，说明他的情绪感受出现了问题，也就是他们觉得自己不如别人，同时对自己的为人、所拥有的东西、所做的事情都产生了不满足感。当孩子认为其他人在以上几方面胜过自己时，他们会感到不舒服和难过，严重时甚至会出现忌恨情绪。

💜 在托尼得知托马斯其实很看重他之后，他的自我评价发生了变化，也

不再想要成为其他人了，这就是自我接受。自我接受是自尊的基础，但是请注意自我接受并不是全盘接受，如果孩子有做得不对的地方，我们也要提醒他们改正，教他们变成一个更好的自己，而不是变成别人。

💔 如果你观察到你的孩子有时会产生醋意，不用担心，这是完全正常的。一个弟弟、妹妹的降生，或是一个新朋友的到来，都会使孩子产生这种感受，因为他们害怕失去家长的爱。在这个时候，我们就应该更多地表现出对他们的爱护和关注，要知道一个觉得自己没人爱的孩子，也会觉得自己没有价值。

💔 故事里的小刺猬托尼喜欢竖起一身的刺，哪怕没有人打算伤害他，他还是时刻处于防备状态。孩子也是一样，他们有时候会生气、哭闹、行为不当，这是因为他们并不知道如何用正确的方式来获得我们的关注。因此，我们必须理解孩子的行为。有时

恰恰是由于孩子需要获得比平时更多的爱，他们向我们索取爱的方式才会不那么恰当。

💔 这个故事中，菜园里每个小动物都有重要的作用，只有所有的小动物共同协作，才能建设一个美好的家园。作为家长和教育工作者，我们的终极目标是帮助孩子全面发展。为了做到这一点，孩子应该知道自己可以给家庭和班级贡献什么。我们可以指派给他们一些力所能及的工作，让他们承担一些小小的责任，这会是一个很有用的方法。

💔 故事里还提到了自豪。自豪是当一个人的行为对自己和对他人产生价值的时候，他所感受到的一种满意的情绪。我们应该帮助孩子时常感受到自豪，因为它有助于增强孩子的自尊和自信，激发他们生活的动力。

亲子共读：

重新"开机"的小女孩

每天晚上，玛蒂娜的妈妈都会为她准备好第二天要穿的衣服，放在椅子上。

白天的时候，玛蒂娜在学校里吃午饭，有什么吃什么，似乎什么都喜欢，因为她总是把盘子里的菜吃得精光，就像爸爸妈妈教的一样。

放学之后，她有时会在公园里玩一会儿，有时会直接回家，这都是妈妈决定的，从来没有人问她想做什么。

睡觉之前，爸爸会给她读一个故事，至于读哪一个呢，也是爸爸说了算。

　　在课上，老师要求她做什么，她就做什么，她的爸爸妈妈从来没有听到过老师对女儿的任何批评。恰恰相反，所有人都夸她：她真乖呀；她从不跟别的小朋友打架；她特别文静；她总是谦让，由其他小朋友选择玩什么游戏；她很随和，从不拒绝任何事情……

　　但是，她的姑姑劳拉却很担心。因为自从玛蒂娜上了小学后，她的眼神就失去了活力，她的脸上再也没有那种做错事以后淘气的小表情了。她变成了一个安静、听话的乖乖女，对什么都说"可以"。她就像是"关机"了一样，毫无生气。劳拉打算尽最大努力帮助小侄女，把她丢失的活力找回来。于是，劳拉有了一个主意。

她邀请玛蒂娜到她家过周末，玛蒂娜的爸爸妈妈同意了。他们为她准备了一个书包，里面装着她可能会用到的衣物。

　　见到小侄女之后，劳拉问她：

　　"玛蒂娜，你午饭想吃什么？我给你准备了好多好吃的哦！"

　　"你说吃什么就吃什么，姑姑，我都喜欢。"她严肃地回答。

　　"怎么可能嘛！你肯定有不喜欢吃的东西，来看看我冰箱里有什么，告诉我你最喜欢吃哪个。"

　　然而，玛蒂娜最终还是没能自己做出决定。

　　下午，她们在家里看了一部电影，劳拉教她玩了纸牌，然后，又问了她一个问题：

　　"玛蒂娜，明天你想做什么呀？"

　　"你说了算，姑姑，我都可以的。"她小声回答。

　　"你不想去某个地方，做一些特别的事情吗？"

　　"可以呀，劳拉姑姑，你决定吧。"

　　晚上睡觉之前，劳拉坐在床边，问了她第三个问题：

　　"我这儿有好多故事呢，你想听哪个？"

　　"姑姑，哪个都行。"

　　"你没有一个特别喜欢的故事吗？"

　　"都可以的，劳拉姑姑，我都喜欢。"

劳拉带着担忧回到了自己的房间，她一直在思考：为什么玛蒂娜不敢说出自己喜欢什么？为什么玛蒂娜不会做出选择？她一定要想办法搞清楚到底哪里出了问题。

周六早上起床的时候，玛蒂娜并没有在椅子上看到准备好的衣服，劳拉对她说：

"你想穿什么呢？今天有点冷哦。"

玛蒂娜盯着她的衣服，想了好几分钟，最终选择了一条牛仔裤、一件高领羊毛衫、一双条纹的袜子和一双靴子。

"这算是个不错的开始了！"劳拉想着。

然后，两个人去了一个朋友开的咖啡厅吃早餐，服务员给了她们一人一张菜单。劳拉非常认真地观察着玛蒂娜的反应，只见她慢慢地读着菜单里的每一道菜，渐渐地，一丝光亮从她的眼睛里闪过，她露出浅浅的笑容，问姑姑：

"我点什么都可以吗？"

"当然了！玛蒂娜，今天我们要做好多事情呢，多吃点才有力气！"

让劳拉吃惊的是，玛蒂娜点了一杯热巧克力、一个苹果派和一个黄油面包。虽然她没能把所有的东西都吃完，但姑姑的计划好像进行得还算顺利。看着她吃得那么满足的样子，劳拉开心极了。

吃完早餐后，劳拉问她：

"今天上午你想做什么呢？我有几个提议供你选择：我们可以去动物

园，可以去市中心逛逛街，也可以去博物馆，或者去公园玩。你觉得呢？"

玛蒂娜想了好一会儿。劳拉知道，这是因为玛蒂娜很久都没能自己思考和自己选择了，她应该给玛蒂娜时间去习惯和适应。几分钟后，玛蒂娜露出了笑容，眼中闪着光，说道：

"我想在街上走一走，看看商店的橱窗……好久都没逛街了呢。"

那天上午，她们两个人过得别提多开心了。她们去了很多商店，试了好几件衣服，虽然什么都没有买，但玛蒂娜觉得特别有意思。她开始"重启"了，昔日的活力正慢慢地回到她的身上，劳拉的计划奏效了。

突然，玛蒂娜意料之外地问了劳拉一个问题：

"那我们下午做什么呢？"

"你想做什么，我们就做什么。"姑姑回答。

"那……我想看看木乃伊是什么样子的。"她非常肯定地说。

"太好啦！我知道带你去哪儿了！"劳拉微笑着同意了她的请求。

当天下午，她们去了考古博物馆。因为劳拉对历史很感兴趣，她就一直在跟玛蒂娜讲解关于木乃伊的知识，还跟玛蒂娜讲了自己年轻时去埃及旅行的有趣经历。

晚上，她们吃了土豆饼和沙拉，但是睡前故事的环节被略去了，因为劳拉准备跟玛蒂娜说"晚安"的时候，发现她已经累得呼呼大睡了。

看上去，玛蒂娜已经变成了一个跟之前不同的小女孩，她有活力，也常常露出笑容，因此，劳拉为她的变化感到非常欣慰。

小侄女周日下午就要回家了，所以周日一早，趁她吃早饭的时候，劳拉敲开邻居家的门，对邻居说：

　　"费尔南多，我需要你的帮助。我侄女现在在我家，我想让她认识一下你们一家人，还有你家的小狗，可以吗？你们今天上午有什么安排吗？"

　　"好啊，我打算带孩子们去山上滑滑索道，然后在山里野餐，顺便让小狗也痛快地跑一跑。"

　　"好主意！我们也去准备一下！"

"那一个小时后，门口见！"

劳拉回家以后，跟玛蒂娜讲了今天的计划，可她看起来并不是很开心。

"怎么了？你不喜欢去山里滑索道吗？"

"我从来没有滑过索道，而且，爸爸妈妈肯定不会同意我玩那个的……"

"等你看到索道，你就会喜欢的。可好玩了！我们一起准备野餐的三明治，好吗？"

玛蒂娜真的度过了难忘的一天。她跟费尔南多的儿子们，还有他们的小狗，玩得开心极了。她最终克服了对索道的恐惧，勇敢地滑了下去，而且一共滑了三次呢！

　　那个周日，玛蒂娜可算是完全"开机"了，她的体内充满了活力。后来，劳拉把玛蒂娜送回了家，玛蒂娜跟爸爸妈妈仔仔细细地讲述了周末做的所有事情，他们吃惊极了。当她讲到索道时，妈妈问她：

　　"你怎么能滑索道呢？我们跟你说了好几遍，不能做危险的事情。"

　　但是劳拉打断了妈妈，说道：

　　"我也很爱她，我怎么会让她做危险的事情呢？而且她很想滑索道，并没有人强迫她。"

　　"好了好了，"爸爸抱着玛蒂娜说，"看来你跟劳拉姑姑玩得很好嘛。看到你那么高兴，我就满意了。"

　　然后，玛蒂娜又露出了那个让劳拉爱得不行的笑容，眼里闪着光，问：

　　"我下周还能去姑姑家吗？"

　　"当然可以了！你还可以邀请你的朋友一起来！"姑姑说。

　　告别时，劳拉给了玛蒂娜一个大大的拥抱，并在她的耳边悄悄地说：

　　"你计划一下下周咱们可以做什么好玩的事，你知道的，你可以自己选择想做的事情。"

　　从那天起，玛蒂娜又变成了一个眼里闪光、活力满满的小女孩。

给妈妈的Tips：
倾听是对孩子最好的教育

📢 如果一个孩子过于顺从和听话，这其实是一个危险信号。读完这个故事，家长们就应该反思一下了：你的孩子总是想取悦大人吗？他总是在寻求他人的夸奖吗？他害怕别人对他生气吗？如果答案是肯定的，那么这就是他缺乏自尊心的表现。

📢 在这个故事中我们可以看到，玛蒂娜的自主性没有得到很好的发展。她不会做选择，是因为她没有受过这方面的训练；她无法明确地说出自己的意见，因为从没有人问过她的意见；她也不敢随意做决定，因为她认为大人总会替她做决定。

📢 劳拉姑姑发现，玛蒂娜的无所谓其实与她的自卑感和顺从态度息息相关。所以她允许玛蒂娜自由选择、自主决定、尝试新鲜事物。劳拉在玛蒂娜改变的过程中起了至关重要的作用。不过，家长们也应该告诉孩子，他们虽然可以自由选择，但是也要对选择带来的结果负责。

📢 我们可以跟孩子一起制作一个清单，详细列出那些他们可以做选择的事情，比如：在冬天很冷的时候，他们不能选择脱掉毛衣，但是可以选择穿哪一件毛衣。等他们长大一些，我们还可以跟孩子一起分析每一个选择可能会产生的结果，引导他们做出正确的决定。

📢 被父母过度保护的孩子会出现缺乏自尊心的现象。如果我们不给他们尽情施展自己才能的机会，不让他们挑战新鲜事物，他们也就无法了解自己的弱项在哪里，更不能取得进步。最后的结果，就是他们会变成一个既胆小又没有安全感的孩子。

🔖 就像故事里讲述的一样，有时候家庭里的其他成员反倒能更容易发现父母所观察不到的细节。如果你总是替孩子决定穿什么衣服，读哪个故事，做什么事情……孩子就会产生一种舒适感，而这种舒适感完全不利于他们形成一个正确的自我评价。孩子内心深处的真实想法是："大人替我做决定，是因为我自己没有能力做决定。"所以，多听听周围人的看法，会帮助我们看清问题的本质，这就是"旁观者清，当局者迷"。

🔖 成年人不应该过多干预孩子的生活，因为这会剥夺他们学习的机会，甚至是犯错的机会，更会削弱他们的自信心。生活中每一段经历，都可以变成孩子学习的课堂，都对他们人格的健康发展至关重要。我们应该让孩子尽可能多地体验生活，允许他们时不时地接受挑战，哪怕有些困难、费点力气都没有关系，只有这样他们才能在挑战成功以后，对自己感到无比骄傲。

🔖 为了帮助孩子构建一个积极的自我形象，我们还应该在日常生活中多多询问孩子的意见，倾听他们的感受，重视他们的想法，对他们的情绪感同身受。

🔖 最后，家庭和学校都应该在安全的基础上，允许孩子去进行探索和体验。作为一个有责任感的成年人，我们应该认清"风险"和"危险"的区别，保护孩子远离"危险"，同时允许他们体验可能存在"风险"的新鲜事物。

亲子共读：
与众不同的孩子们

那是一个寒冷的日子，天空灰蒙蒙的，虽然是秋季，但更像冬季的感觉。雪还在下着，大街小巷都披上了白色的新衣。艾利克斯正盯着窗外，等待一只知更鸟的到来。自两年前起，总会有一只知更鸟，在天气开始变冷的时候飞来，等到天气渐渐暖和以后才离开。他经常在窗台上撒些面包渣，心满意足地看着它进食。

但是那天，知更鸟并没有出现。艾利克斯有些难过地去了学校，他一整天都在想：它是不是生病了？它是不是再也不会回来了？几天过后，艾利克斯也不再给知更鸟留面包渣了。

可是，突然有一天，他听到了一个熟悉的声音，是知更鸟的鸣唱！他激动地跑到窗户旁边，赶紧在窗台上给它撒了一些面包渣。

"爸爸！妈妈！知更鸟回来了！"他兴奋地喊道。

"当然啦，它知道这里有吃的，所以才回来呀。"爸爸说道。

"不是的！因为我是它的好朋友，所以它要回来看我！"他生气地回答。

艾利克斯不喜欢爸爸说的话，但是一想到又能与自己的好朋友每天见面了，他的气很快就消了。

在一次班会课上，老师请同学们分享一下他们最近经历的有趣的事情。艾利克斯就告诉了大家，他最近很开心，因为他的好朋友知更鸟回来了。

有几个同学笑了起来，可是老师非常严肃地看着大家，问道：

"你们笑什么呢？你们觉得一只小鸟不能成为艾利克斯的朋友吗？"

"对啊，老师，小鸟又不是人，只有人才有朋友呀。"阿德里安十分肯定地回答。

"不对不对！我的小狗泰利就是我的朋友！"玛尔塔气愤地说。

"我家里有一只小猫，叫米琪娜，它也是我的朋友！"安东不满地看了一眼阿德里安，补充道。

课堂瞬间乱成一团，大家都想表达自己的观点。老师不得不站了起来，让同学们安静下来，然后对他们说：

　　"那今天，我们就来聊一聊朋友的类型吧。不过在此之前，我们首先要清楚，什么是朋友？朋友就是我们喜爱、尊重、信任的伙伴，与'他'或者'它'是什么样子的没有关系。"

　　"那我就是我的小仓鼠的朋友，因为我可喜欢它了，而且我特别信任它，每次我打开笼子的时候，它都不会逃跑。"索尼娅说道。

"那是不可能的！"阿德里安又喊道。

大家再次七嘴八舌地讲了起来，这时，老师想到了一个好主意：

"同学们，安静一下，让我们在地毯上躺下来，闭上眼睛，想象自己是一只会飞翔的小鸟……"

跟随着老师播放的音乐，所有人都在想象中飞了起来。突然，他们听到一声铃响，睁开了眼睛。

"现在，每个人都说一说，你们变成了什么鸟呢？"

艾利克斯当然变成了他的好朋友知更鸟，其他同学有的变成了小麻雀，有的变成了鸽子，还有的变成了老鹰，甚至有一些小迷糊说自己变成了彼得·潘[1]。

"你们看，这个世界上有那么多种不同的鸟类，对不对？不仅如此，也有好多不同的兽类、不同的鱼、不同的植物、不同的人……还有谁能说出更多吗？"

[1] 彼得·潘：苏格兰小说家和剧作家詹姆斯·马修·巴利创作的长篇小说《彼得·潘》中的主人公。小说讲述一个会飞的小男孩彼得·潘飞到梦幻岛的冒险故事。

"不同的语言。"塔尼娅说，她俄语讲得很好。

"不同的家庭。"萨拉·梅说，她是一个被收养的女孩。

"不同的穿衣风格。"阿蕾西亚说，她喜欢穿粉色的衣服。

"不同种类的鞋子。"托马斯说，他每天都穿运动鞋。

“不同的发型。”娜蒂说，她喜欢梳辫子。

“不同颜色的头发。”乔安说，他的头发是红色的。

“不同颜色的眼睛。”贝亚蒂兹说，她长着一双碧绿色的大眼睛。

“不同类型的食物。”萨米尔说，他从小就吃爸爸妈妈做的印度菜。

同学们就这样说了好多例子，等大家都说完以后，老师补充道：

“还有，不同的才华……这也很重要，你们不要忘了。我们每一个人所擅长的东西都不相同。”

所有人都沉默了，艾利克斯开始反思：他的才华是什么呢？他从来也

没有想过这个问题。

第二天，老师在教室里的墙壁上挂了一张硬纸板，上面贴着每一名同学的照片，她微笑着对大家说：

"每天早上一进教室，你们都要跟我讲一件你们擅长的事情，或者是你们的某个特殊才能，好吗？"

有些同学很快就能说出答案，可还有一部分同学怎么也想不到。这个时候，老师就会让其他人帮助他们：

"大家一起说一说，伊万的才能是什么？"

"大家一起说一说，索菲亚擅长什么呢？"

其他同学就会帮助他们在硬纸板上写下答案。

一天下午放学以后，艾利克斯在回家的路上对妈妈说：

"妈妈，你知道我们每个人都是不同的，都有不同的才华吗？"

"当然知道了！儿子，比如呢，我很擅长画画，你爸爸就不行，可是他唱歌很好听，还会弹吉他。你爷爷马泰特别会编故事，你奶奶玛格丽特数学很好。"

艾利克斯又说：

"老师说，朋友的类型有很多种，所以，知更鸟可以算是我的朋友？"

"我觉得小动物和人之间可以存在非常美好的友谊。我小时候住在乡下，有一只大鹅，每次看见我，就会向我跑过来呢！"妈妈一边回忆，一边感动地说。

"老师还说家庭也有不同的类型，但是我觉得萨拉·梅没有别的家人，只有她妈妈，因为她是被收养的。"

"家庭确实有很多种类型呢，"妈妈补充道，"萨拉·梅有一个特别好的妈妈，她还有外公、外婆、表哥、表姐……他们也是她的家人，因为他们都非常爱她。"

"那我的知更鸟也有家人吗？"

"这个嘛，我觉得它肯定有的，也许它还会把你给它的面包渣分给它的家人们呢。"

因为妈妈说的话，艾利克斯第二天在窗台上放了双倍的面包渣，好让他的朋友带给家人一起分享。

周日，叔叔一家来跟他们一起吃午饭，艾利克斯就对他们讲了知更鸟的故事。

"你知道世界上有多少种鸟吗？"他问表哥。

"我也不知道，不过我可以上网查一下。"表哥说着就打开了电脑。

他们两个人查到，世界上存在几千种鸟，他们都惊呆了！真不可思议啊！简直是太多了！

艾利克斯笑了。多亏了知更鸟，还有在课上的热烈讨论，现在他知道了，世界上有不同类型的朋友，不同类型的家庭，不同种类的小鸟，不同种类的植物，不同颜色的头发和眼睛，不同风格的穿衣方式，不同的发型，不同的美食，不同的才华，而最重要的是他发现了自己也是与众不同的，所有人都是不同的，每个人都是独一无二的。

61

给妈妈的Tips：
让孩子看到自己的独特价值

艸 每个人都生而不同，每个人都有自己独特的价值，这是这个故事想向我们传递的主要信息。家长们应该把这个观念传达给孩子，这样他们就能自然而然地认识到，差异可以丰富我们的人生，而非局限我们的人生。

艸 在这个故事里我们可以看到，老师完美地处理了学生们在课堂上的争论，她细心又敏感，一步步引导孩子思考身边的真实事例，让他们发现了生活中的很多不同。家长们也可以在家里跟孩子进行这样的讨论，帮助孩子学会包容大千世界的种种不同。

艸 一开始，艾利克斯以为被收养的孩子没有家庭，因为与收养家庭相比，原生家庭是以血缘关系为纽带的，是更符合传统意义上的家庭。但是，我们应该告诉孩子，家庭的纽带其实是爱，而爱有时比血缘关系更加坚固。

艸 儿童自尊的程度与友谊也息息相关。我们可以问问孩子，他们认为什么是朋友。故事里的老师对朋友下了一个定义，不过，我们可以跟孩子继续探讨：一个好朋友还需要具备什么素质呢？

艸 针对友谊这个话题，有必要多说几句。为了了解在孩子眼里，一个朋友应该具备哪些重要的品质，我们可以向他们提出以下两个具体的问题：第一，一个人应该拥有什么，或者应该做什么才能成为你的朋友呢？第二，在什么情况下，你会认定这个人不再是你的朋友了？通过他们的回答，我们可以了解孩子的价值观，以便及时发现他们可能存在的问题。

川 另外，孩子必须明白，在友谊中绝不能存在伤害。过于被动的性格，或者过于具有攻击性的性格，都不利于他们保持良好的自尊心。这就需要成年人在生活中对他们多加引导。

川 为了让孩子的自尊心得以健康发展，我们还要让他们明白，每个人的才华和能力都是不同的。父母可以跟孩子一起制作一份清单，列出家里每个人擅长的事情和不擅长的事情，并且帮助孩子认识到他们自己的能力和局限性，引导他们把更多的时间和精力放到自己所欠缺的事情上去。

川 只有当一个孩子自尊、自爱的时候，他才能更好地对其他人表达爱和尊重，并且不依赖对方的感情。这说明良好的自尊心和自我肯定，可以帮助孩子在未来建立独立自主的情感关系，摆脱依赖心理。

川 家长们应该明白，有才华的孩子不一定会把才华表现出来，比如，一个有音乐天赋的孩子可能会很懒惰。所以，这就需要我们经常告诉他们，训练和努力是把才华发挥到极致的两个重要工具，只有这样他们才能获得成功。

川 社会应该具有包容性，而这种包容性的基础就是尊重不同。我们可以跟孩子做一个小游戏，一起尝试说出故事里没有提到的"不同"。让我们把这个清单接着列下去吧！看看还能想到什么。然后，我们还可以反过来，再讨论一下所有人的相同点，比如我们每个人都有感情，我们每个人都喜欢被别人善待，等等……

亲子共读：
会飞的斗篷

海格一直以来都会做一个关于超级英雄的梦，他梦到自己身穿一件漂亮的斗篷，像蝙蝠侠和超人那样，在城市上空飞翔。可是每次醒来，他都发现那只是一个美梦。他看着镜子里的自己，感到难过极了，越看越觉得自己的样子完全不像一个英雄。

在学校里，老师可没少批评他。有时是因为他的扣子没有扣好，有时是因为课间休息的时候，他在操场上挖泥土玩，弄得手脏脏的，还有时是因为他不知道怎么回答老师的问题。

"你太差劲了！你什么时候才能把事情做好呢？"老师经常这样对他说。

所以，海格总是垂头丧气的，他觉得自己的确身穿一件斗篷，但是这件斗篷乌黑又沉重。

"你怎么成天驼着背？一点也没有男子汉的样子！"一天放学后，爸爸对他说。

"你为什么板着脸不讲话？"这时，妈妈也问他，"你的舌头被小猫吃掉了吗？"

海格没有回答。他把书包扔在椅子上，就跑去画画了。他一边画着最喜欢的超级英雄，一边幻想着自己变成他们，飞翔在城市上空，像真正的英雄一样救死扶伤。

奶奶克拉拉把一切都看在眼里，虽然什么也没有说，但她一直在等待一个合适的时机，想去好好鼓励海格一下，让他绽放笑容。

一天早上，上英语课的时候，老师要求同学们谈一谈自己最喜欢的童话故事里的人物，海格的回答是蝙蝠侠、超人、佐罗和雷神。老师和同学

们都笑了起来，老师对他说：

"海格呀，你的脑子飞到天上去了吗？你没听到我问的是童话故事里的人物吗？你说的都是漫画人物呀！"

下课之后，同学们都嘲笑他：

"海格的脑子飞上天啦！海格的脑子飞上天啦！"

他感到羞耻极了、难过极了，他把头压得低低的，拖着沉重的脚步回了家。他觉得自己背上的那件黑斗篷又变重了一些……

当他到家的时候，爸爸妈妈还没有回来。海格就跟他的小狗卢娜玩了一会儿。小狗卢娜可能玩得太开心了，竟然开始发疯一样满客厅地跑，一不小心打翻了妈妈的花瓶，那可是她过生日的时候朋友送的礼物呀……

"别担心，"奶奶对他说，"我们一起收拾一下就好了。你把地上的花捡起来，我来清扫碎玻璃，小心不要划伤自己哦。"

"奶奶……不是我的错……"海格哭着说。

"我知道呀，我看到是卢娜刚才跑的时候撞了一下桌子。"

妈妈一回到家，就看见了地上的一片狼藉，奶奶怎么解释都没用，她还是非常生气地对海格大喊道：

"你太不小心了！我跟你说了多少次，不要在客厅玩！你回房间吧，今天罚你不能看动画片！"

海格抗议道："不是我弄倒的！是卢娜的错！"

"就算是它弄倒的，也是因为你没有看好它！"妈妈一边把花摆正一边说。

那天晚上睡觉之前，爸爸没有给他晚安吻，只是站在他的房门口，对他说：

"儿子，你现在的样子让我很失望。老师说你上课不认真听讲，整天脏兮兮的，也不会回答老师的问题，他说的是真的吗？而且，听说你今天还惹妈妈生气了。"

海格没有回答，他翻了个身，用被子把自己从头到脚蒙了起来。他感觉自己身上的黑斗篷紧紧地包裹着他，让他无法呼吸。那天晚上他没有做关于超级英雄的梦，因为他的斗篷已经太过沉重，根本无法令他飞翔了。

星期六不用去学校，海格拿出了他的图画本，但是，他不再画蝙蝠侠、超人或者佐罗那些英雄了，而是把整页纸都涂满了黑色。

"好特别的画呀！"奶奶走进他的房间说，"今天你怎么没画你喜欢的那些人物呢？"

海格沉默了几秒，然后伤心地回答道：

"奶奶，超级英雄又不是真的，我画他们有什么用呢？"

"这个嘛……我跟你说一个秘密，"奶奶在他的耳边偷偷地说，"其实

我就是一位超级英雄，不过没有人知道这件事，你一定要替我保密呀！"

听到这话，海格"噌"的一下从椅子上跳了起来，瞪着大大的眼睛问奶奶：

"真的吗？你真的是超级英雄？"

"是的，不过我只有夜晚才会飞出去，营救遇到危险的人和小动物。"

"那你的斗篷在哪里呢？"

"为了不让别人发现我的秘密，我把它藏起来了。我告诉你啊，在云朵间飞行的感觉好极了，星星离我那么近，别提多漂亮了！"

"你可以带着我一起飞吗，奶奶？"海格激动地问。

"你不是跟我说过，你也有一件斗篷，可以让你在晚上飞翔吗？"

海格又露出了难过的表情，小声地说：

"我已经飞不起来了，我有一件黑色的斗篷，可是它现在太重了。我是不可能成为超级英雄的……"

"海格啊，从今天起，我要帮助你脱掉那件黑色的斗篷，我还会为你做一件全新的彩色斗篷，轻便又好看，这样我们俩就能一起飞了，怎么样？"

星期日，奶奶带着他去了养老院看望几个朋友。回来之后，她对海格

的爸爸妈妈说，他们的儿子在养老院里给老人们讲了好几个关于超级英雄的故事，老人们喜欢极了，都一个劲儿地给他鼓掌呢！

听到奶奶的话，海格的爸爸抱了抱他，说道："儿子，我真为你感到骄傲。"

他的妈妈也说："我真高兴你能陪奶奶去养老院，做得不错！"

这个时候，海格感觉到自己的黑色斗篷变轻了一些。

星期一，在学校里，海格跟同学们提出，如果有任何需要帮助的事情，他们都可以找他。因为超级英雄的任务就是帮助别人，但是当然了，

这个原因，他没有告诉任何人。

机会很快就来了。有一个小女孩在操场上摔倒了，膝盖受了伤。

"哎呀！你受伤了吗？要不要我送你去医务室？来，我扶你！"海格走过去对她说。

"谢谢你！"小女孩的脸上露出了一个大大的笑容，"你真是我的英雄。"

这个时候，海格感觉到自己的黑色斗篷又变轻了一些。

渐渐地，他发觉自己没有那么难过了，同学们对待他的方式也跟之前不同了。

有一天，老师当着全班同学的面，对他说道：

"海格，我对你非常满意，我看到你最近每天都认真听讲，用心回答问题，还经常助人为乐。今天由你来当班长，给我们大家挑一个要读的故事吧！"

海格的同学们为他热烈地鼓掌。这个时候，海格感觉到自己的黑色斗篷已经一点都不沉重了。

那天晚上，他终于又做了关于超级英雄的梦：他穿着奶奶为他制作的新斗篷，飞翔在城市上空。而这件斗篷是五颜六色的，像羽毛一样轻。

在梦里，海格和奶奶克拉拉一起飞到了星星上面，他们像真正的超级英雄一样，在太空中静静地等待，时刻准备着为地球上的人们提供帮助。

给妈妈的Tips：
认可孩子是对他最深沉的爱

⭐ 读完这个故事后，家长们可以反思一下：我们平时都向孩子传递了什么信息呢？其实，一两次批评不会影响孩子的自尊心，但是如果他们生活在一个无论做什么都会受到批评、责备或者消极评价的环境里，他们的自尊心就一定会受到打击。这对他们的心理健康非常有害。

⭐ 如果孩子真的错了，我们应该就事论事，批评他们错误的行为，但是不要伤害孩子的自尊心。比如，与其对他们说"你太坏了！"，不如说"这件事情你做得不够好"。这样他们就能明白自己哪里错了，并且找到改正的方法。但是如果我们总是在责备他们，他们不仅不会知道如何改正，而且会形成一个消极的自我概念。

⭐ 在教育孩子的过程中，我们有时会不自觉地犯一个错误，那就是会更加关注孩子的过错，而忽略孩子做得好的地方。而教育孩子正确的做法，应该是赞扬多于责备。我们应该用合适的方式，在尊重客观事实的前提下，多用欣赏的语气夸奖孩子，这应该是提升孩子自尊心最有效的方法之一了。

⭐ 提升孩子自尊心的另一个方法，是让他们感受到自己对他人的重要性。我们可以经常请他们帮帮忙，哪怕是一个非常简单的任务，都会让他们感到自己是有能力、有用处、有价值的。

⭐ 我们也要注意，跟孩子在一起的时候，我们的一言一行都应该尽量保持亲和。故事中奶奶的做法就是一个很好的例子，她不仅改变了孩子对自己的认识，也改变了父母对孩子的认识。

⭐ 成年人应该尝试站在孩子的立场上思考问题，这样我们就能及时发现他们的沮丧和悲伤，而这两种情绪对他们的身心健康都非常不利，甚至会导致儿童患上抑郁症。一旦我们发现孩子正在经历痛苦，应该立刻查明原因，尝试帮助他们走出困境。

⭐ 增强自尊心还有一个方法，那就是培养孩子亲切友好、乐于助人、有同伴意识等优良品质。换句话讲，一个孩子是不是有亲和力和共情力，会影响同伴对他的看法和评价，从而影响他对自己的看法和评价。正因为如此，亲和力和共情力恰恰可以帮助儿童构建一个更好的自我形象。

⭐ 在这个故事里，海格是一个缺乏自尊心的小男孩，他幻想自己可以成为超级英雄，因为他觉得只有变成超级英雄，才能获得外界的认可。这说明他在内心深处，对自己的处境非常不满，一直在寻找一个逃离责备和轻视的出口。

⭐ 随着故事的发展，海格选择对奶奶说出他的感受，奶奶也找到了帮助他的办法。所以很多时候，帮助孩子其实很简单，用心倾听他们，并对他们的感受表示理解，这就足够了。

⭐ 故事的最后，海格获得了父母和老师的认可，从那以后，他的自尊心开始慢慢增强，再也不是原来那个抑郁的小男孩了。他的奶奶是促成这一切的关键人物，是她让小孙子露出了笑脸，最终走出了困境。

⭐ 请记住，自尊好比急流里的一块浮板，可以在最危急的时刻，让孩子在绝望中看到希望。

六、鼓励

亲子共读：
弗洛拉的魔法种子

在世界上很多不同的地方，都住着一群人类看不见的小仙女和小精灵，他们快乐地生活在依山傍水、郁郁葱葱的大森林里。每一个仙女和精灵在出生的时候就都获得一项特殊的法力，他们想怎么使用它，就怎么使用它。小仙女弗洛拉获得的法力，是拥有无数颗具有魔法的种子。

在森林里，小仙女和小精灵们每天都有要做的工作。有的照顾野花，有的清洁泉水，有的帮小鸟筑巢，还有的帮着打理睡莲……他们就这样齐心协力，共同维护着这片和谐和美好的家园。

小仙女和小精灵们有一位女王，叫蒂塔尼娅。有一天，天气非常晴朗，女王决定带着四个侍从在森林里散散步。但是，当她走到河边的时候，一件反常的事情引起了她的注意，她停了下来。

"弗洛拉，你躺在睡莲上做什么？为什么不工作呢？"她问道。

"女王陛下，我已经把所有的睡莲都打理好了，我现在在做梦呢。"

女王对这个回答感到十分好奇，又问道："你在做什么梦呢？"

弗洛拉的脸上露出了笑容，她飞到岸边，回答说：

"我想认识一下人类——我想用我的魔法种子，帮助他们实现梦想！"

听到这话，女王非常惊讶，因为已经很久没有仙女或者精灵敢接近人类了。自从上次一个年轻人进入森林，带走了青蛙奶奶克罗克洛以后，他们都开始害怕人类，简直是害怕极了。

女王思考了几秒钟，然后回答：

"弗洛拉，靠近人类可能会很危险，不过，如果你真的想这么做的话，我可以让你去试试看，可是我还要警告你，你的魔法种子很有可能不会像你期待的那样发挥作用……无论如何，你去吧，去实现你的梦吧！"

于是，在一个月圆之夜，弗洛拉在腰间别了一袋魔法种子，告别了她的朋友们，向人类居住的地方飞去。当她从天上望见最初几栋房子的时候，她开始心跳加速，一种复杂的情绪涌上了她的心头。由于太紧张了，她不得不落在一个屋顶上休息，做着深呼吸，等待自己平静下来……

突然，她听到了一个孩子的哭声，顺着哭声传来的方向，弗洛拉飞到了这家人的窗前。窗子开着，她听到一个小男孩哭着说：

"我根本就打不好篮球，我太笨了，要是我再长高一点就好了……"

她的妈妈试图安慰他：

"马泰，你别担心，你还在长个子呢。而且，也不是所有的篮球运动员都是高个子呀。只要你每天训练，一定能打好篮球的。"

"可是马丁跟我一样大，他就比我高好多，所以他总能投进球……"小男孩回答。

"好啦，不要想了，好儿子，快睡觉吧！"妈妈一边说着，一边在他的额头上亲了一口，然后为他盖好了被子。

弗洛拉马上意识到，这就是她的第一个任务！于是，等小男孩睡着以后，她把一颗小小的魔法种子，偷偷地塞到了他的枕头下面。

第二天早上，弗洛拉又遇到了一个小女孩，她牵着爸爸的手，一边唱着歌，一边朝学校走去。

"爸爸，我真希望老师能选中我参加音乐剧的表演！"

"那你要赶紧把新学的歌词背熟哦，莱拉，不然老师可要选别人了。"

"可是，老师说梅丽莎唱歌比我好听，我觉得老师应该会选她……"
小女孩失落地回答。

就在这时，弗洛拉朝他们飞了过去，悄悄地在莱拉的大衣口袋里放进了一颗魔法种子，让她可以实现自己的愿望。

当天下午，弗洛拉不知不觉地飞到了一个公园里，她在那儿听到了一个小女孩跟她妈妈的对话。

"我不想参加卡洛斯的生日聚会，生日聚会太无聊了！"

"生日聚会并不无聊，维姬，"妈妈说道，"是你不愿意跟其他小朋友一起玩，所以才觉得它无聊。”

　　“但是，没有人愿意做我的朋友，没有人愿意跟我玩呀……”她说。

　　“你看见秋千上的那个小女孩了吗？你过去问问她，要不要你推推她，然后再让她推推你，这样你们就能一起玩秋千啦，好不好？”妈妈问她。

　　可是，维姬并不敢走过去，她很严肃地回答：“她肯定会说不要的！”

　　这时，弗洛拉飞了过去，在小女孩卷卷的头发里留下了一颗小小的种子。她知道这个女孩最大的愿望就是能有几个好朋友，现在有了魔法种子的帮助，她一定可以梦想成真。

　　过了一会儿，弗洛拉又注意到了一个小男孩，他的爸爸正在对他说：

　　“儿子，今天你们老师给我看了一张你画的画，特别好看，我发现你越画越好了！”

"这个嘛……"阿瓦罗回答，"我画得不太好，是纳丘帮我的……"

"但是我相信，只要你每天练习画一幅画，以后你肯定能画得跟他一样好，甚至更好。爷爷不是给你买了一本图画本吗？"

"是啊，等我长大以后，我想成为一名漫画家！"他兴奋地说。

听到这里，弗洛拉在阿瓦罗的书包里也留下了一颗魔法种子。

在撒下了这四颗魔法种子之后，弗洛拉开开心心地飞回森林里，期待着一个月后，看到这些种子在孩子们身上发挥的神奇效果。

就这样，一个月过去了，弗洛拉重新回到人类居住的小镇上。她首先去看望的是马泰。只听他抱怨道：

"这不公平！他们没选我进篮球队，就是因为我很矮！我早就知道会这样了！"

　　然而，他的爸爸很严肃地对他说：

　　"儿子，这段时间你并没有好好训练，不是吗？我每天都问你要不要一起打篮球，可是你每次都说不要啊！"

　　他的妈妈也说道：

　　"而且，你总是说他们不会选你，你看吧，他们果真没有选你。"

　　弗洛拉感到特别失望！到底发生什么了？为什么马泰没有实现自己的梦想呢？

　　然后，她又去找了莱拉。莱拉特别高兴，正对着一面镜子练习唱歌

呢！她的妈妈在旁边激动地鼓着掌。

"太棒了！莱拉，你唱得真好听！"

"妈妈，这首歌我可是练习了好久呢！梅丽莎总是忘记歌词，可我早就背下来啦！"

"非常好！记住我跟你说的话：只要你相信自己可以做到，并且为之付出努力，你就一定可以成功。"

弗洛拉感到非常欣慰，因为多亏了她的魔法种子，莱拉的愿望成真了。

接着，弗洛拉又去公园里找维姬，期待看到她被一群好朋友包围着的场景。然而，事实上弗洛拉看到的还是她自己一个人坐在长椅上，听着爸爸给她读报纸上的新闻，看起来很无聊的样子。

最后，见到阿瓦罗的时候，弗洛拉简直大吃一惊。他的家里挂满了他的画作，一幅比一幅好看，桌子上的图画本里也全都是他画的画。她听到阿瓦罗跟爸爸说：

"爸爸，等我长大以后，一定可以成为一名出色的漫画家！"

"当然了！有志者事竟成嘛！现在你需要做的就是每天花一点时间练习画画，这样你就能越画越好。"

弗洛拉回到森林里，找到了女王陛下，想让她为自己解释一下，为什么她的魔法种子没有让所有的小朋友都实现自己的愿望。

女王的回答是这样的：

"人类有他们自己的魔法种子，那就是他们的信念。如果一个人觉得自己可以成功，那么他做任何事情十之八九都能成功，因为有了信念他就会努力呀。可是如果一个人压根不相信自己能成功，那么他就注定会失败。这是一个很好理解的道理，对吗？"

"但是，女王陛下，您是说，我给他们的魔法种子一点用都没有吗？"弗洛拉沮丧地问。

"当然有用了！其实，你的魔法种子恰恰帮助了你自己去努力实现愿望，而且它也确实让几个孩子的梦想成真了。所以你应该为自己感到自豪呀！"

从那天起，弗洛拉每年都会去人类居住的小镇上飞一趟，继续把魔法种子塞到某个小男孩的枕头底下，或者放进某个小女孩的头发里。但是，她也没有忘记每天精心打理小河里的睡莲，因为这才是她的本职工作，她为此感到骄傲极了。

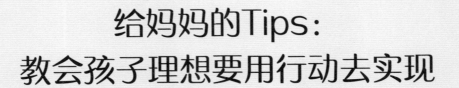

给妈妈的Tips：
教会孩子理想要用行动去实现

◯ 这个故事引出了关于成功的话题。体验成功的滋味可以让孩子信心大增，使他们对生活充满动力。可是很多时候，当孩子开始做一件事时，他们可能做得没有那么好，他们的自信会受到打击，这就需要成年人时刻提醒他们坚持和努力的重要性。

◯ 付出努力不一定能百分之百获得成功，但是它会带给孩子内心的满足感，塑造孩子的性格，帮助他们找到更多的可能性。

◯ 如果人生是一台机器，那么自我肯定就是这台机器运行的动力。当一个孩子不认可自己，认为自己不能完成一件事时，他自然不会为之努力，失败也就在所难免。可是为什么会出现这种情况呢？是因为孩子太懒惰，

还是因为他们缺乏动力？老师和家长们一定要分清这两者的区别，如果是后者，我们应该做的，就是多多夸奖他们做得好的事情，时时提醒孩子，他们是有能力的。

◯ 只有一个人认为自己有成功的可能性，他才会勇于接受挑战。有些时候，恰恰是孩子自己的想法阻碍了他们达成目标，这些想法是他们最大的"敌人"。因为一旦孩子认定了自己不可能成功，他们就不会积极行动，改变现状，这对他们的学习和成长非常不利。

◯ 在这个故事中，小仙女遇到了四个孩子，每个孩子对待事情的态度都不相同，这就导致了他们中有的人实现了愿望，有的人没有实现愿望。在

百思不得其解之后，是女王陛下让小仙女明白了，一个人的信念对获得成功起着至关重要的作用，也就是说，真正的魔法其实是相信自己。

● 为了帮助孩子拥有安全感，改变消极态度，增强自信心，我们应该支持和鼓励他们，但不应该插手那些他们可以独立完成的事情。故事里的家长们没有直接替孩子解决问题，而是给他们建议，帮助他们做出改变。而那些没有改变的孩子，也就承担了相应的后果。

● 如果孩子不太自信怎么办呢？正确的做法是帮助他们找到他们擅长做的事情，并且告诉他们，无论做什么事情，只有通过不断的练习，他们才有可能进步。

● 为了使儿童的自尊心得以健康发展，我们不仅要让他们了解自己的能力，更要让他们了解自己的局限性。我们应该培养孩子的韧性，这样他们才能在遇到失败时，及时调整自己的情绪，并从中吸取经验教训。

● 面对一个难以实现的梦想或目标时，我们不应该打击孩子，而要帮助他们正确评估他们的能力，然后告诉他们怎么做才能达成目标。我们一定要尊重孩子的梦想，但同时也要提醒他们脚踏实地，切勿好高骛远。

● 任何一个孩子都需要体验成功、超越失败，而良好的自尊，正好可以帮助他们为即将到来的成功或失败做好准备。我们成年人应该做的，一是庆祝孩子每一次的成就，不管他们的成就有多么微不足道；二是赞扬他们所付出的努力，哪怕他们最终并没有实现自己的目标。

● 让我们想一想，孩子最近取得了哪些值得称赞的成绩呢？他们学会了什么新的技能呢？为他们列出一份清单，好好地鼓励鼓励他们吧！

图书在版编目（CIP）数据

孩子，妈妈懂你的情绪. 和别人不一样怎么办 / （西）贝戈纳·伊巴洛拉著 ；（西）布兰卡·米兰绘；隋紫苑译 . -- 苏州 ： 古吴轩出版社，2023.1
ISBN 978-7-5546-2005-2

Ⅰ．①孩… Ⅱ．①贝… ②布… ③隋… Ⅲ．①儿童故事 – 图画故事 – 西班牙 – 现代 Ⅳ．①I551.85

中国版本图书馆CIP数据核字（2022）第179440号

Orignal title: Yo también soy diferente
2020, Begoña Ibarrola, for the text
2020, Blanca Millán, for the illustrations
2020, Penguin Random House Grupo Editorial, S.A.U., Travessera de Gràcia, 47-49, 08021 Barcelona
The Simplified Chinese translation rights arranged through Rightol Media
(本书中文简体版权经由锐拓传媒旗下小锐取得 Email: copyright@rightol.com)

责任编辑：顾　熙
见习编辑：羊丹萍
策　　划：石谨瑜　常晓光
装帧设计：平　平 @pingmiu

书　　名：孩子，妈妈懂你的情绪. 和别人不一样怎么办
著　　者：[西] 贝戈纳·伊巴洛拉
绘　　者：[西] 布兰卡·米兰
译　　者：隋紫苑
出版发行：古吴轩出版社
　　　　　地址：苏州市八达街118号苏州新闻大厦30F
　　　　　电话：0512-65233679　　邮编：215123
印　　刷：河北朗翔印刷有限公司
开　　本：880×1230　1/24
印　　张：9
字　　数：95千字
版　　次：2023 年 1 月第 1 版
印　　次：2023 年 1 月第 1 次印刷
书　　号：ISBN 978-7-5546-2005-2
著作权合同登记号：图字10-2022-340号
定　　价：98.00元（全2册）

如有印装质量问题，请与印刷厂联系。022-69485800